校閲ガール

宮木あや子

角川文庫
19908

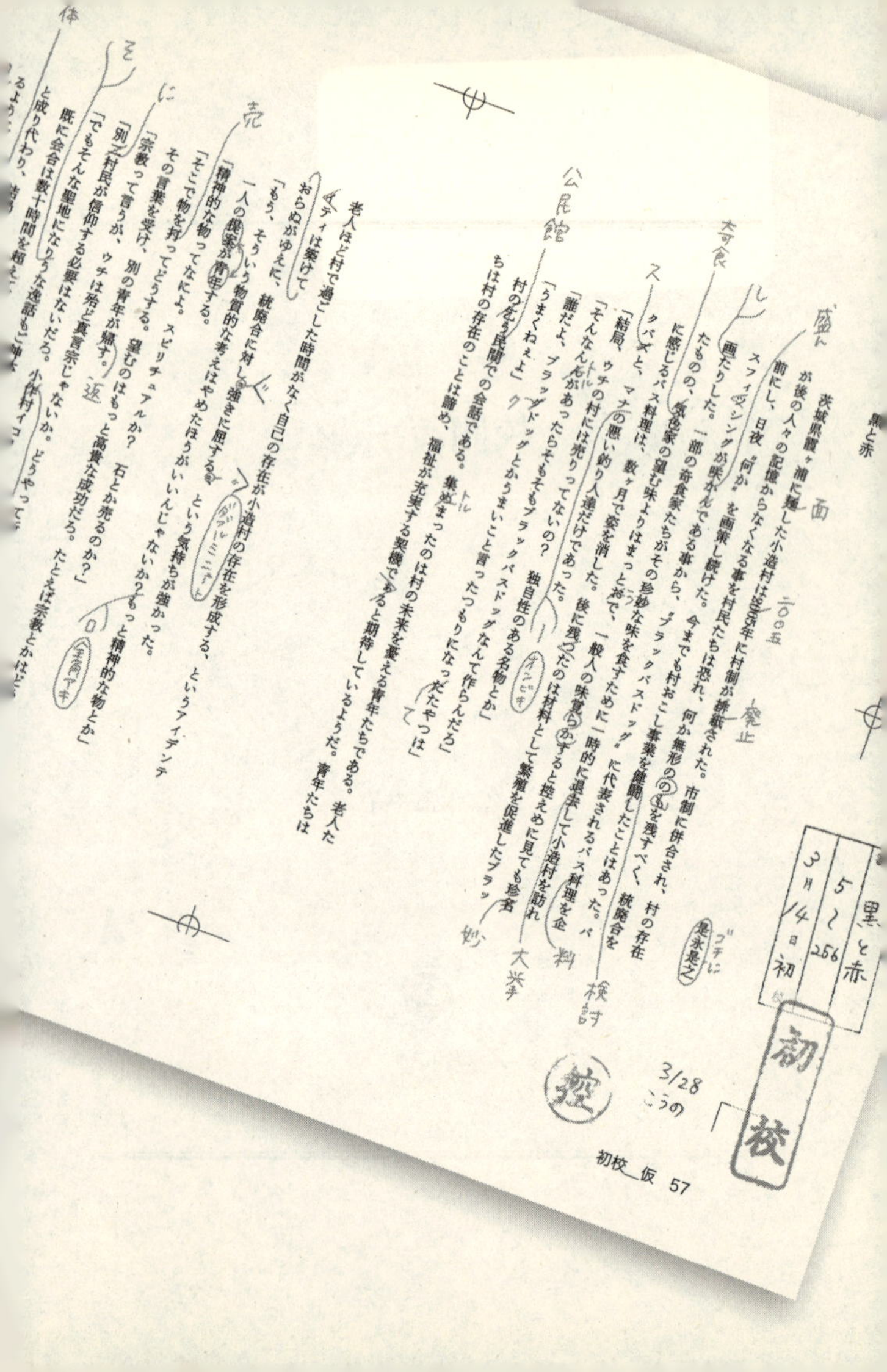

黒と赤

茨城県霞ヶ浦に麺した小造村は2005年に村制が排紙された。市制に併合され、村の存在が後の人々の記憶からなくなる事を村民たちは恐れ、何か無形のもを残すべく、秩廃合を前にし、日夜"何か"を画策し続けた。今までも村おこし事業を健闘したことはあった。バスフィッシングが咲かんである事から、"ブラックバスドッグ"に代表されるバス料理を企画たりした。一部の奇食家たちがその珍妙な味を食すために一時的に退去して小造村を訪れたものの、気色家の望む味よりはまっとおで、一般人の味覚らかすると控えめに見ても珍名に感じるバス料理は、数ヶ月で姿を消した。後に残ったのは材料として繁殖を促進したブラックバスと、マナの悪い釣り人達だけであった。

「結局、ウチの村には売りってないの？ 独自性のある名物とか」

「そんなんがあったらそもそもブラックバスドッグなんて作らんだろ」

「誰だよ、ブラッグドッグとかうまいこと言ったつもりになったやつは」

「うまくねぇよ」

村の先う民間での会話である。集めまったのは村の未来を憂える青年たちである。老人たちは村の存在のことは諦め、福祉が充実する契機であると期待しているようだ。青年たちは

老人ほど村で過ごした時間がなく自己の存在が小造村の存在を形成する、というアイデンティは築けておらぬがゆえに、秩廃合に対し強きに屈する という気持ちが強かった。

「もう、そういう物質的な考えはやめたほうがいいんじゃないか？もっと精神的な物とか」

一人の提案が青年する。

「精神的な物ってなによ。スピリチュアルか？ 石とか売るのか？」

「そこで物を売ってどうする。望むのはもっと高貴な成功だろ。」

その言葉を受け、別の青年が帰す。

「宗教って言うが、ウチは殆ど真言宗じゃないか。

「別之村民が信仰する必要はないだろ。 たとえば宗教とかはど

「でもそんな聖地になりうな逸話もご神

既に会合は数十時間を超え

と成り代わり、

初校

初校_仮 57

校閲ガール　もくじ

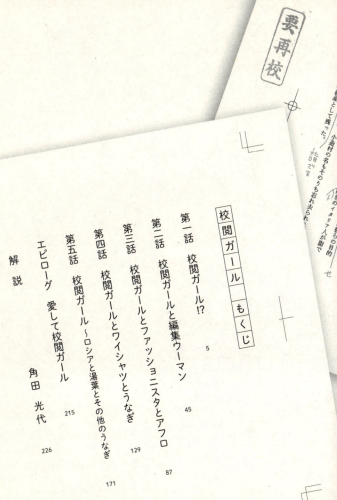

第一話

校閲ガール!?

悦子の研修メモ
その1

【ゲラ】原稿が、ページ番号（ノンブルという）や章の名前（ページのはしっことかに入っているのを柱と呼ぶ）などがぜんぶ入った、本みたいなかたちで印刷された紙。の束。校正刷り。ガレーせんが語源。ガレーせんって？　ものすごく硬いカレーせんべい？　あとでしらべる

――どうしてこんなことに。

男は血に染まった自分の手のひらを見つめた。カッと目を開けたまま血を流して床に転がっている女を、自分はさっきまでこの腕の中に抱いていたのだ。しかし今その女は血を流して自分の目の前で死んでいる。女の肌の滑らかさと温かさを思い返し男は恐る恐る女の胸に手を伸ばした。白く滑らかな乳房は揉んでみるとまだ柔かい――

ふたつ目の「血を流して」に傍線を引いたあとトルの二文字とクエスチョンマークを書き込み、「柔」と「か」の間に「くら?」と入れ、校正メモの「や」の欄にページ数を書き留める。一息ついたあと悦子《えつこ》は鉛筆を机に投げ出してゴリゴリと首を回した。

——目の前で人が死んでるなら乳を揉んで硬度を確認するのではなく、まず首か手首に手を伸ばして脈の有無を確認すべきでは？

という疑問点は、指摘しても無駄なような気がするが一応あとで書き込む。

「誰の原稿？」

隣の机で似たような作業をしていた米岡《よねおか》が顔をあげて尋ねた。西日が真横に差し込んでくるオフィスのブラインドは薄く開いており、彼の顔はしましまになっている。

「本郷大作《ほんごうだいさく》」

「あー、エロミス。なあに、ムラムラしちゃったの？」

「うるせえガラスルーぺぶつけんぞ」

「やめてください死んでしまいます」

コーヒーを淹《い》れに席を立つ。わたしのも、と言う米岡の言葉は無視して一杯だけカップに注いで席に戻り、部屋の端にある会議スペースの大テーブルで作業しているファッション雑誌の校閲班の様子を眺めた。大勢の殺気立った空気がこちら側まで伝わってくる。その殺気はかつて憧れていたものだった。そして今も憧れている。

せめてあっちに行きたい。なんで自分はひとりで文芸の、しかもまったく得意でないミステリーの校閲をしているのか。

「ねえねえ、新しい営業さん、かっこよくない?」

米岡も既にやる気が尽きているのか肩を揉みつつ、部屋の隅で待機している凹版印《ぺこぱん》刷の若い営業の男子を見ながら言った。

「あんたグレーゾーンなんじゃないの? やっぱり男のほうが好きなの?」

たしかにかっこいいけど、と思いながら悦子は米岡光男《みつお》に尋ねた。

「ただかっこいい人が好きなだけですー」

「それもうグレーじゃないんじゃないかなあ」

米岡の右耳に光るリボンの形をしたピアスをちらりと見て、悦子は言った。ファッション誌の校閲は深夜まで終わらないだろう。対して文芸の社内校閲は定時に終わる。窓の外は既に薄暗く、時計が定時を指すまであと少しだった。

こう-えつ【校閲】カウ—《名》スル 文書や原稿などの誤りや不備な点を調べ、検討し、訂正したり校正したりすること。「専門家の—を経る」「原稿を—する」　『大辞泉』より

景凡社は紀尾井町に本社ビルを持つ、週刊誌と女性ファッション雑誌が主力の総合

出版社である。この出版社に新卒入社し校閲部に配属されて二年目の悦子は、小学生のころから景凡社の少女雑誌と共に育ってきた。夏休みのドキドキ初体験☆、というト高校生のセキララ読者ルポを親に隠れてコソコソ読む中学生時代を送り、こんなデーちは願い下げ／こんなデートがしたい！という女子大生の本音トークを憧れの気持ちと共に読み漁《あさ》る高校生時代を送り、ワンランク上の合コン勝負服！というＯＬさんのお洋服特集を参考に服を買い化粧をする大学生時代を送った。

大学二年のとき景凡社のＯＬ雑誌『Lassy』に載っていた「エディターズバッグ」に一目ぼれしたことが、悦子の人生を決めた。エディターの意味は「編集者」だが、エディターズバッグを持てるのは、おそらく選ばれし民であるファッション雑誌の編集者かライターだけだと、私物公開ページの読者モデルのメンツから容易に想像がついた。

この美しい鞄を堂々と持つためには、ファッション雑誌の編集者になるしかない、と、このとき就職先の第一志望は景凡社になる。しかし景凡社は本来、中途半端な偏差値でお嬢様女子大ということしか取り得のない学歴の悦子には難しすぎる就職先だった。出版社に勤務する人間は都内の国立や国立の滑り止めとなる私大の出身者が多い。性別不明な米岡ですら、東大の滑り止め私立の出身である。

平凡でお気楽な女子大生だった悦子は気合と根性だけで、入社試験を乗り切った。どれだけ景凡社のファッション誌を愛しているか、どれだけ自分の人生に影響を及ぼしてきたかを面接官がたじろぐほどの熱意と共に演説し、入社したあと配属されたのは何故か校閲部だった。

悦子の苗字は河野である。「かわの」ではなく「こうの」と読む。

こうのえっこ。

人事部が「名前が校閲っぽい」というだけで配属を決めたらしい。というよりもむしろ採用された理由がそれだったらしい。

こんなはずじゃなかった、と研修後配属された部署に一歩足を踏み入れて思った。自分が働くのは、プラダを着た悪魔とその配下のアン・ハサウェイ（変身後）たちがひしめく、オシャレで活気に溢れるオフィスのはずだった。しかしそこはぜんぜんオシャレでもなかったし、活気に溢れているのはもはや別部署扱いの雑誌校閲班だけだった。そして全体的にきのこの栽培場っぽかった。なにより部長はエリンギに似ていた。

しょっぱなから不貞腐《ふてくさ》れていた悦子に、エリンギは「成果を出せば希望の部署に転属することもできるし、定期的な配置転換のときに希望も出しやすい」としばらくしてから言った。

——まあ、まずは真面目に仕事をすることが重要だよ。

エリンギの言葉に、悦子は釈然としないまま頷《うなず》いた。釈然としないまま今も校閲部で真面目かつ完璧に仕事をこなしている。いつかLassy編集部に異動するために。


校閲部の午前中は通常、とても静かだ。悦子がここ数日担当しているミステリー小説の著者・本郷大作は「エロミス」と呼ばれる作品を書く大御所で、昨年も同じ作家の単行本を担当したことがある。正直、非常に苦手なジャンルの小説だった。今日も今日とて主人公の五十歳男性は女の乳を揉んでいるか下半身をまさぐっている。こんな不謹慎でふしだらな小説を書いているくせに、業界では愛妻家として名高いそうだ。とにかくいつも夫婦仲良くふたりでいるという。腑《ふ》に落ちない。

「なんでもかんでもエロ付けりゃいいってもんじゃねえだろ文芸界。しかもジジイも女の乳出せば売れると思ってんじゃねえよ」

紙を捲《まく》る音の中、悦子のぼやきが米岡に届いたようで、米岡は小さく笑った。

「氾濫しすぎだよねえ。でも本郷先生って、デビューしたてのころは普通の本格ミステリー書いてたんだよ。そこじゃ生き残れないからってエロ路線に転向して、それから当たったの」

「ふうん、いろいろ大変だね。そっちは今なに？」

「菅居恵理子《すがいえりこ》のハートウォーミングな不倫小説」

ハートウォーミング＋不倫というミスマッチに悦子は笑った。実際この作家は三十二歳でデビューしたとき既に結婚していたが、しばらくののちに編集者とデキてしまい、泥沼の末に離婚し、その編集者と再婚している。

「わたし、結婚しても絶対に不倫はしない」

「え、あんた結婚するの？　相手は男なの女なの？」

「だってもう二十八だしそろそろ考えないと。男女はどっちでもいい」

日本の今の法律だとそういうこと言ってられないよ、と思いつつ、悦子はゲラに目を戻した。

本郷大作は校閲担当に悦子を指名してきたという。通常、校閲者は作家と直接のやりとりを行わないし名前も出ない。しかし「前回の校閲と同じ人で」という注文があったそうだ。

――すごいね、良かったじゃないの。

エリンギは誇らしげに初校ゲラの束《たば》を悦子に渡したのだった。釈然としなかった。

作家には文章の癖がある。繰り返しの表現を好んで使う作家に繰り返しのトルを入れると激怒されたりもする。本来それは編集者が作家の癖を理解し、校閲済みのゲラをチェックして消しゴムをかけなければならないものだ。しかし中にはゲラへの書き込み内容をチェックせず、作家の癖の申し送りもせず、編集部から作家へまたは校閲部へ、右から左に流すだけの丸投げ星人もいる。今回のゲラを持ってきた編集者、本郷の担当・貝塚《かいづか》はそのタイプだ。

昨年ゲラを受け取って初めて会話を交わしたとき、「編集者は作家のプライベートも親身になってサポートする仕事なんだ」と発言し、男性編集者にしてはわりと身綺麗な見た目も手伝って、仕事熱心な良い編集者なのだな、とちょっと好意を抱きかけたが、なんてことはない、作家の機嫌を取って美味《うま》いものを食わせ酒を飲ませ、その代償に原稿を取ってきてあとは丸投げ、という「プライベートしかサポートしない」タイプの編集者だった。そして、校閲が機械的に鉛筆を入れたゲラをチェックせずにそのまま作家に渡す。指摘した箇所が的外れだと作家から怒られたと言って校閲部に文句を言ってくる。昨年それで本郷とひと悶着《もんちゃく》あった。それなのに悦子を指名してくるとは。貝塚もさぞ不本意だったことだろう。

「去年怒られてたよね？　なんでだっけ？」

「出てくる女子大生の言葉遣いがあまりに古くさいから女子大生雑誌の読者投稿コピー添付して返したやつ」

「そりゃ怒られるわ」

「だってさあ、飲んだくれて電車の中で潰れてるおっさんに女子大生が『おじさま、どうかなすったの？　お具合でも悪いの？』って声かけるか普通？　なりゆきでホテル行くか？」

「行かないね。ていうか声かけないね」

「でしょ。そもそも設定がおかしいって。そこも指摘してたんだけど、『これはフィクションなんだ！』って怒られたらしいよ」

そして悦子が指摘した台詞《せりふ》や設定はすべて「ママ」(そのままの意)で返され、本は出版され、初版止まりだった。本来そんなことがあれば同じ版元ではもう本を出さないように思えるが、残念ながら既に雑誌で連載が始まってしまっていたため、打ち切って他社に持っていくこともできず、再び景凡社から単行本が出ることになった。

今日が校閲部締め切りだった。このあと外校《そとこう》に出し、二重のチェックをしてから文芸編集部に戻す。校閲者の欄に自分の印鑑を押し、付箋だらけのゲラを机の上で揃えていると、背後から「おい、ゆとり！」という声が聞こえた。振り返ると貝塚だった。

「今日、ヒマ⁉」

「は？　いきなり何？」

「飲みに行ける⁉　行けるな⁉　じゃあ行こう！」

と、腕を掴まれた瞬間、部長席の卓上時計が終業のアラームを鳴らした。


編集者と違って校閲担当者は普通、作家と顔を合わせたりしない。しかし今、悦子の目の前には還暦間近とされる本郷大作を名乗る男性が座っていた。終業と共に状況が把握できないまま悦子は貝塚にタクシーに乗せられて鉄板焼き屋へ連れてこられ、初めて「作家の接待」を見た。肉と海鮮の匂いが充満する狭い店内では、周りの中年の男性客が全員「先生」と呼ばれていた。

「こんな若くて可愛い子だったならもっと早く言いなさいよ」

十年前に撮って今も使用されている著者近影よりも五割増しくらいに太った本郷大作は、シャレかと思うほど大きなワイングラスを片手に、じろじろと悦子の顔を見ながら言った。

「いやもう見た目だけで、口が悪くて先生にお見せできるようなもんじゃないんですよ本当は。奥様のご容態はいかがですか？」

「ああ、ただの風邪だと思うよ」

——絶対に口を開くな、ただ笑って頷いておけ。

店に入る前、貝塚は悦子に言い聞かせた。日ごろの打ち合わせに本郷は必ず妻を同伴させるそうだ。しかし今日は妻が寝込んでいるため、誰か女の子を連れてこいと言われたのだが、編集部の女子社員は全滅で急遽悦子に声をかけた、というのが貝塚の言い分だった。口が悪いのは校閲部に気に入られることなく早く文芸関連の部署から離れて女性誌に異動するための演技で、貝塚も部署内でも米岡以外全員今のところ騙されてくれているのだが、長いこと演じていると段々自分の本性が口の悪いナマイキな女子であるような錯覚に陥ってくる。

「河野さん？　君は普段どんな本を読むの？　どんな作家が好き？」

悦子は言われたとおり黙りこくったまま笑顔で頷いた。

「恥ずかしがらないでいいよ？　今の若い子は有森樹李《ありもりじゅり》とか読むのかな？」

「……」

バカおまえこういうときは喋っていいんだよ、と耳元で貝塚が言ったので、悦子は「ファッション雑誌しか読みません」と正直に答えた。え？　という顔で本郷大作が悦子を見る。悦子はワイングラスを空にしたあと再び口を開いた。

「でもその人の名前は何度か見たことがあります。『Lassy』の一昨年《おととし》の二月号と去年の九月号に新刊インタビュー、それと今年の二月号でドラマのヒロインやった女優と対談してましたよね。ドレスとヘアメイクが似合ってなさすぎて笑いました。スタイリストがもっと工夫してあげればいいのにって」

記憶を辿って答えると、本郷は笑いながら「よく憶えてるね」と言った。空になったワイングラスが新たに満たされ、再びそれを空にする。

「本当はファンなんじゃないの？」

「違います。読んだことありませんし。あと本郷先生は『Enough』の去年の五月号で『夫婦の肖像』コーナーに出られてましたよね？　夫婦仲良くいるコツはお互いに干渉しすぎないで一定の距離を保つことだとか」

「……君の年代の女の子も『Enough』みたいな中年男性雑誌を読むのかい？」

「景凡社のファッション雑誌は全年代、男女問わずぜんぶのページ読みます。ちなみにそのときに本郷先生が締めてらしたネクタイはエトロでタイピンはダミアーニでしたけど、あの組み合わせはくどすぎると思いました。スタイリストがついてるなら替えたほうがいいですよ」

「……」

貝塚と本郷が顔を見合わせる。本郷を怒らせたのだとしたら、喋っていいと言った貝塚の責任なので、悦子は気にせず、焼きあがって湯気を立てるシャトーブリアンにかぶりついた。編集者はこんな美味《おい》しいものをいつも食べられるのか、とその感動は怒りに変わり、新たに注がれたワインを飲み干す。

「河野さん、記憶力がものすごくいいんだね？」

「そうでもないです、雑誌に載ってたことくらいしか」

「じゃあ『C.C』の専属モデルなんかは十五人くらい名前言える？」

「私が読み始めた年から数えると『C.C』には専属モデルが十七人と、専属に見せかけて掛け持ちのフリーのモデルが十人いますけど、どれがいいですか？」

付け合わせのもやしを咀嚼《そしやく》しながら答え、ワインで流し込んだ。ちょっと頭がくらくらしてきたな、と思ったとき、隣の貝塚が眉間に皺《しわ》を寄せながら言った。

「おまえ……筋金入りのゆとりだな」

「はぁ？　私たちゆとりは国政の被害者なんですけど？　あんただって二年遅く生まれてたらゆとりだったんだよ、たかが二年で偉そうにすんな」

「なんでもかんでも国のせい人のせいにして被害者ヅラすんじゃねえよ、これだからゆとりは」

「普段はゆとりだってこんなこと言いませんし、あんたみたいな薄っぺらい大人に被害者ヅラすんなとか言われないように仕事はきちんとしてますー。てめえこそ少しは原稿に目通してからこっち回してこいよ、詰め込み教育受けてるくせに赤と鉛筆多すぎんだよこの無能」

悦子の言葉に本郷は絶句したあと大笑いした。その傍《かたわ》らで貝塚は言葉を失い拳《こぶし》を握り締めている。

失うものなど何もない、早く校閲を抜け出してファッション雑誌に行ければそれで良い。

自分の吐いた暴言に対してそんなかっこいいことを考えていたわけでもなんでもなく、ただ悦子は酒に酔っていた。翌日は一日酔いで使いものにならなかった。

日増しに暑くなってくる二週間後、再校が出た。とりあえずガラスルーペを使って文字を拡大し、初校で指摘された正字《せいじ》の抜けとルビの初出確認や調整に間違いがないかをひとつとおりチェックする。

「私ってば超優秀！」

二時間かけて第一章のチェックを終え、ひとつも抜けのないことを確認したあと、文章に目を通して破綻がないか今一度確認する。無駄に男女の性描写が多いことと女の台詞がやたら古くさいことを除けば、悔しいけれど本郷大作の小説はちょっとばかし面白かった。

「優秀なのは印刷所だからね？」

今日が締め切りの米岡が隣で顔もあげずに言う。

「ああ、あの営業さん昨日はブラックバレットだったね。でもカフスがジャスティンのピアスだった。それはカフスじゃなくてピアスですよって教えてあげれば？　それをきっかけに仲良くなれば？」

「……あのさあ、その記憶力をファッション以外のところでも活かせないの？」

「無理」

漢和辞典を引きながら悦子は米岡に答える。今まで読んだファッション雑誌に載っていた主要な用語はすべて頭に入っている。しかしミステリーによく出てくる「屍《し》蠟《ろう》」は去年まで読めなかったし、それが具体的になんなのか未《いま》だに判らず、「山風」はアイドルグループの隠語だと思っていた（山田風太郎という人だった）。

「仕事には応用できないの？」

「うん無理。たしかにこの部署で少しは小説って面白いなとは思えるようになったけど、ファッション雑誌のほうがずっと面白いし役に立つ」

私にとってはね、と悦子は小さな声で付け加えた。ファッションは好きだが、服を作りたいとか自分でコーディネートしたいとかそういう供給側へは情熱が向かず、小さいころからただ着ることと着ているモデルを見ることだけが好きだった。ファッションこそが優れた学問で、ファッション雑誌はその教科書だと悦子は常々思っている。そう思っているのは自分を含めた少数派だということも理解している。ああ、早くLassy編集部に異動したい。

初校時に作成した物語のカレンダーとJR時刻表を見返しながら文字を追っていて、悦子は小さく「あ」と声を漏らした。主人公の移動時間がおかしい。

物語上では、酔っ払って道で吐いていた主人公を介抱した女が犯人で、主人公はそれと知らずに彼女を口説《くど》く。一晩を共にし、彼女の肉体に魅了されつつ主人公は他の女とも関係を持ちつづけるのだが、そのうち彼の行く先々で三人の人間が死ぬことになる。男は女の罠にはめられ、犯人に仕立てあげられるという寸法のミステリーで、最後は犯人の女がすべてを独白し崖から身を投げる。男の職業は陶芸作家で、陶芸に関しては貝塚と取材を重ねたらしく、疑問点を潰す作業でミスは見つからなかった。しかし主人公の移動時間がおかしい。

JR時刻表が間違えているのかと念のためブラウザで乗り換え案内を開き、悦子は東京駅から、事件の起きる地方都市までの移動時間を調べた。本文では七時間以上かかっているが、実際に表示されたものは五時間足らずだった。何かトリックの伏線なのかとざっと読み返すが、伏線らしき箇所は見当たらない。鉛筆で正しい到着時刻と「?」マークを書き入れ、他の箇所の移動時間に関しても再度調べてみた。すべて二～三時間の誤差があった。

悦子は初校で見逃した自分への苛立《いらだ》ちとそれをスルーした貝塚への怒りと共に、すべて鉛筆を入れた。時間の誤差が出ると、風景描写にもおかしな点が出てくる。昼の十二時に東京を出て七時間経つと既に日は沈んでいるが、実際の移動時間だとまだ夕日が見えるはずだ。その点も指摘し、ついでに若い女の古くさい言葉遣いも、どうせ直してもらえないだろうと思いつつ鉛筆を入れる。

昼休みに席を立ったとき、エリンギに声をかけられた。

「本郷先生に気に入られたらしいね」

「あの状況で気に入られる意味がまったく判んないんだけど」

今日は東西デパートのセールが始まる日だ。一分一秒でも惜しい。何か言いたげなエリンギをその場に残し、悦子は小走りで社屋を出てタクシーを拾い、東西デパートへ向かった。

棚から目当ての靴を取り、店員にサイズを伝えたあとふと視界に入った人物の顔に「あっ」と思わず声が出た。悦子と同時に、相手も「あっ」と言った。

これを運命と呼ぶ人がいたら運命なんて信じない、と思いながら、人でごった返す靴売り場で地味なパンプスを試着する五十歳くらいの女をつまらなそうに眺めていた太った男に、一応頭を下げた。

「先日はありがとうございました」

本郷が言葉を発しようと口を開きかけたと同時に、「あら、どなた?」と女が声をかけてきた。仲が良いと評判の妻だろう。顔は笑っているのに、悦子を見つめる視線は恐ろしく冷たかった。

「景凡社の河野と申します、今は先生のお原稿を担当させていただいております」

「……あなた、編集さんは全員男の方だって、おっしゃってなかった?」

女はすごい形相で本郷を睨《にら》みつける。悦子は慌てて、編集ではなく作家と直接のやりとりはせずに原稿の正誤に加え本の奥付や帯にいたるまですべての文字上の不備や正誤を調査する部署の人であることを簡潔に述べた。

「作家と直接やりとりなさらないのに、どうしてあなた、このお嬢さんの顔を知ってらっしゃるの？」

女はまた本郷を詰《なじ》る。服装から想像される歳のわりにはとても美しい女だが、夫を見つめる表情は鬼のようだった。不穏な夫婦間をとりなす義務はないと判断し、悦子は「それでは」と頭を下げ、その場を去ろうとした。しかし店員が悦子を捜して靴を持ってきてしまったため、彼らの至近距離で試着する羽目になる。赤いグリッターがキラキラ輝くオープントゥの十一センチヒールパンプス。春の雑誌に載っていて、おそらくこれはセールまで残るだろうと判断したものだ。心震える思いで美しい靴にそっと爪先を差し入れたとき、

「今の若い子はみんな商売女みたいな靴を履くのね」

何故か悦子を観察していた本郷の妻らしき女が、棘《とげ》のある声で言った。

「商売女みたいな格好、お嫌いですか？」

「嫌いよ、下品ですもの」

「じゃあ奥様、商売女が履くような靴を置いている東西デパートでお買い物なさっているのはどうしてですか？　それに昔からファッションの流行は東洋でも西洋でも、商売女が作りあげてきたんですよ」

顔もあげずに悦子は答え、鏡の前に立ち何度か足踏みをする。鏡の隅をちらりと見《み》遣《や》ると、赤黒くなった本郷の顔と青白くなった女の顔がうかがえた。私には関係ないことだし、と悦子は靴を脱ぐとクレジットカードと共に店員に渡した。

翌日、案の定、貝塚が校閲部に怒鳴り込んできた。どういうつもりだよ奥様めちゃくちゃ怒ってるじゃねえかよ、と昨日の本郷と同じように顔を赤黒くして。めんどくさいなあ、と耳をほじりつつ悦子は反論した。

「あのさあ、私と本郷先生を会わせたのはあんただよね？　あんたが引き合わせなかったら私、顔も知らない他人だったんだけど？　あとこの原稿、移動時間がぜんぶ二時間多いのはなんでなの？」

「おまえは黙って鉛筆入れてりゃいいんだよ！　どうすんだよ本郷先生、もうウチで原稿書いてくれないかもしれないんだぞ！」

「そんなの私が知ったこっちゃないんですけど。黙って鉛筆入れてりゃいい立場ですし、本来なら」

ブラウザに表示した地図サービスのストリートビューを目で追いながら悦子は答える。道中をものすごくゆっくり歩いたとしても、やはり二時間多くはならない。昨日退社したあと、他社から出ている本郷の著作を二冊買った。デビュー作と一年半前に出版されたもの。そして電車で移動しているものに関しては家に帰ってから乗り換え案内で時間を調べた。デビュー作のほうは移動手段が乗用車だったが、一年半前のものに関してはやはりすべて二時間多かった。原因を調べたほうがいいような気がしていた。

でも、黙って鉛筆入れてりゃいいって言われちゃったし、まあいいか。

横でギャーギャー騒いでいる貝塚のほうに向き直り、「奥さん、どんな人？」と悦子は尋ねた。

「は？」

「普通あの年代の女の人はあそこまで感情を露《あらわ》にしないものなの。若い娘を目の前にしたら、上っ面だけでも子供を見るような生温《ぬる》い目を向けるものなの」

「一度会っただけでそんなことまで判るわけねえだろ」

「たぶん女の心理に関してはあんたよりは賢いから判るんですー」

「Fランのくせに賢いとか、バカかおまえ」

「Fランじゃなくて、聖妻女子大はおしとやかな良妻賢母を育てるための大学なんですー。合コンで聖妻女が来たらあんただってぜったい狙うでしょうが」

黙り込んだ貝塚に、というか男全般に対し多少ガッカリしつつ悦子はつづけた。

「あんた編集者は親身になって作家をサポートする仕事だとか偉そうに言ってたよね。だったらもうちょっとよく見たら？　奥さんがあれならめっちゃ疲れてると思うよ、本郷先生」

「知ってるよ！」

「だったらあんたんところで食い止めれば⁉　こっちにまで厄介ごと持ち込まないでくんない⁉」

今度こそ貝塚は黙った。そして舌打ちすると部署を出て行った。横にいた米岡に拍手をされたが、あとからエリンギに軽く怒られた。


鉛筆入れてりゃいいんだよ、の言葉どおり悦子はそれから黙々と疑問出しをし、三日後、外校に出した。次なるゲラがやってくる。今度は若い女性作家の私小説に近いデビュー作だった。行間の広い白っぽいゲラの疑問出しをしながら、心洗われる、と思う。行間の白さにも、内容の穢《けが》れのなさにも、編集者が手を入れ尽くしたであろう疑問点の少なさにも。

二時間多い、という疑問点を忘れようとしても、更なるひっかかりが生じる。あんなにきっちり時間を書かなくても話は通じるのに、何故か時間が分単位で記載されているのが不思議だ。ためしにほかの著者のミステリーを確認してみても、鉄道ミステリーと呼ばれるジャンル以外、そこまで厳密に時間を書き込んでいるものはなかった。逆に、景凡社の書庫に所蔵されていたここ三年の本郷の著書には、すべて移動時間が書き込まれている。

昼休み、コンビニに行こうとしたらエリンギに呼び止められた。ご馳走してやるというので素直にてんぷら屋についてゆく。特上天丼を頼み、油の良い匂いが充満するカウンター席で海老《えび》の揚がるのを待っているとエリンギが口を開いた。

「僕ね、入社したころ、本郷先生の担当だったんだ」

「部長、文芸編集部にいたの？」

「うん。お互いに独身で、あのころ『小説家の先生』ってステータスだったから、それだけで本郷先生モテモテだったんだよ」

「それまでまったくモテなかった人種でしょ？」

「知らない。でも三十すぎて結婚して、何年か経ってからね、河野さんも見たんでしょ、奥様。あの人がそれはそれは嫉妬深くてね。ぜんぶの版元の担当編集、全員男に替えさせられたの」

天井がカウンターに出てきた。エリンギの話にそれほど興味もなかったので、悦子は箸を取り海老天を摑む。しかしエリンギは喋りつづけた。

「この前河野さんとご飯食べたの、楽しかったみたいだよ」

「私ぜんぜん楽しくなかったけど。ていうか夫婦で一緒にいてぜんぜん楽しそうに見えなかったし、あれ本当に愛妻家の仲良しなの？」

「夫婦っていろいろあるよねえ」

答えになってないけれど特に興味もない。天丼を十分で食べ終えて先に社屋へ戻り、一階ロビーの雑誌棚から今日発売の五十代向け女性誌を取り、ソファに座って捲《めく》った。

「それ、夫婦の悩み相談ページ面白いですよ。回答してるオジサンが超的外《まとはず》れなこと言ってるの」

ヒマそうにしていた受付嬢の今井《いまい》がカウンター越しに悦子に声をかけてきた。

「夫婦の悩み？　今井ちゃん、結婚してたっけ？」

「ううん、同棲。うしろのほうのモノクロページです。マジ面白いから見て」

言われるままにページを捲り、読み物までゆくと、そこには腕組み＋ドヤ顔の本郷の姿があった。こんな雑誌にも呼ばれるのかと驚きつつ文字を目で追ってゆき、途中でここ数日頭の中にかかっていた霧が晴れてゆくのを感じた。旦那が浮気しているがどうすれば良いか、という主婦の悩みに、本郷は答える。——広い心で待っていれば必ず男は戻ってきます。だからそれまでにあなたはサボっていた女を磨き、夫が帰ってきたとき笑顔でおかえりなさいと言えるようになりましょう。

アホか!!　と普段なら怒りに震えていただろう。しかしその場で雑誌を棚に戻し今井に礼を言うと、悦子は校閲部に戻り急いで貝塚に内線をかけた。

「あんだよ謝罪なら受け付けねえからな」

おそらく昼飯の何かを咀嚼しながら貝塚は不機嫌そうに言った。

「ねえ、本郷先生ってここ数年ずっと付き合ってる愛人とかいる?」

「おまえには関係ねえだろ」

「てことは、いるんだね?　ねえもう一度本郷先生に会わせてくんない?　もう失言とかしないから。うちの部長が言ってたよ、私と飲んで本郷先生楽しかったって言ってたって」

電話の向こうで貝塚が舌打ちするのが聞こえる。訊いてみる、と一言のみ答え、向こうから通話は切れた。

「奥さんと和解してください」

世間話も面倒くさかったので悦子は単刀直入に申し出て頭を下げた。ピアノの生演奏が天井に響くインペリアルホテルのラウンジで、土下座する勢いの若い女の姿はさぞ滑稽だろう。従業員たちがあからさまに目を逸《そ》らす。

「いや、別に怒ってないから。うちの妻が差別的なことを言っただけで、君は悪くないよ」

「そうじゃなくて、そんなことはどうでもよくて、正しい移動時間を記載したいんです、単行本に」

顔をあげると本郷の表情は予想どおり僅《わず》かに強張《こわば》っていた。

「私、早くファッション雑誌のほうに異動したいんです。そのためにも仕事は完璧にしたいんです。もし読者に移動時間が間違っているのがばれたとき、本に詳しい人なら校閲がいい加減なんだなって思うでしょ。それがイヤなんです」

黙りこくる本郷の隣では貝塚が、なんだか諦めの境地みたいな顔をして悦子を見ていた。よし、そのまま黙っててくれ。

「本郷先生が雑誌で語ってる夫婦像は、本郷先生の理想でしょ。本当は奥様、ものすごく干渉するタイプの人でしょう、そして、著作もぜんぶそれは丁寧に読んでる」

「……おまえそれ自分で考えたの？　誰かの入れ知恵？」

諦めたような顔をしたまま溜息交じりに貝塚が尋ねる。

「部長がヒントくれた。編集者との打ち合わせにまで奥さんついてくるんでしょ？　取材旅行に出るときくらいしか自由になれる時間がないんだよ、だからそんなときしか愛人に会える時間がないの。そうでしょ先生」

悦子が本郷のほうに向き直ると、彼はなんとも言えない顔で言葉を探していた。

ミステリーの穴は通常、読者にはすぐに見つかるものだ。しかし本郷の読者はミステリー要素よりも、エロ要素のほうに重点を置く。ざっと調べた結果、主人公の移動手段が乗用車から電車に変わり、それに伴って時間のずれが発生したのはここ三年のことだったが、読書感想文を書き込むコミュニティサイトなどを巡っても、恐ろしいことに移動時間に関して指摘している読者はひとりもいなかった。それでも、いつかは、必ず見つかる。

「……どうしてわたしが、君の仕事の将来に協力する必要があるのかな。しかも編集者でもない君にそんなことを言われる筋合いはないと思うけどね」

三十秒くらいの沈黙ののち、吐き出された本郷の返事はそれだった。

「編集者がしっかり原稿読んで指摘してたら私がしゃしゃる必要なんかないんですよ。

もし貝塚が同じこと言ってたら、受け入れてました？」

「無理だね」

「どうしてですか」

「妻との生活を守りたいから」

バカじゃねえの、と思わず口をついて出た。と同時に貝塚に頭を殴られた。ああそうだ、失言はしないって約束したんだった。

「君みたいに男を知らなそうな若い子から見たらバカかもしれないが、それで夫婦が成り立ってるんだよ。妻は時刻表が読めない。インターネットの使い方も判らない。わたし以外の人間と外出もしない。世間とのつながりはわたしを通して見る狭いもので、妻もそれで納得している。君にはまだ判らないだろうけど」

「ならどうして今回の本の校閲に若くて物知らずな私を指名したんですか」

「前回の校閲が面白かったから。ほかにはない視点で。受け入れることはできなかったがね」

単なる娯楽にされたってことか。脱力感と共に少しの怒りが湧いてくる。しかしそれは表に出してはいけないエゴだと、殴られて痛いところを擦《さす》りながら堪《こら》えた。

「……次からは私、断りますからね」

「大丈夫、これを最後にもう景凡社からは本を出さない」

その言葉に貝塚がものすごく慌てて土下座くらいするんだろうな、と思った。しかし貝塚は予想に反し、「判りました」と言って悦子の腕を取って席を立った。

「今後のご健勝をお祈りいたします先生。帰るぞ河野」

「は？　え？　いいの？」

いいよ、と貝塚はそのままエントランスを突っ切り、車寄せでタクシーの扉を開けさせた。一瞬振り返ったときに見えた本郷の姿は、なんだか小さかった。


担当編集者は全員、気づいてないフリをしているのだそうだ。

「なにそれ！　なんで⁉　ていうか最初に言えよ！　なんだったのよ私の労力！」

人気《ひとけ》のない薄暗い校閲部で煮詰まったコーヒーを片手に向かい合い、悦子は今度こそ怒りを解き放った。

「おまえも会ったんだろ、奥さん。取材旅行のときは『仕事だから構ってやれない』って理由でひとりになれるんだけど、それでも一時間おきに電話がかかってくるし、まったくひとりで安らげる時間がないの」

「どうせ一度浮気がバレてそれ以来監視されてるってやつでしょ」

「なぜ判る」

「だから女の心理に関してはあんたより賢いの。で？　全出版社一丸となって先生の愛人の存在を隠蔽《いんぺい》してるわけ？　ねえもう一度言っていい？　バカなんじゃないの？」

「バカだよなあ、マジで」

予想外に素直な貝塚の反応に悦子は面食らう。昨年の本で悦子が指摘した「若い女の言葉遣い」に関しても、「いつ若い女と喋ったの？」という奥方の追及を避けるために却下したのだそうだ。しかしあれは読み物としては面白かった。それで悦子がまた指名された。

「結構さ、あの年代の作家って仕事第一で家庭を顧《かえり》みなかったりするんだよ。でも本郷先生は奥さんのこと大切にしてるから、そこはすごいなって思ってたんだよね」

「大切にしてる人は浮気しないし浮気してもバレないようにするし、そもそも愛人作らねえだろうが」

そうだけど、と貝塚は力なく笑い背もたれに身体を預けて天井を仰ぐ。

「あーやべー。明日部長にすげー怒られんだろうなー。俺のせいじゃねえのに」

「ついでに飛ばされればいいんじゃない？」

「ヤダよ、まだ担当して売り出したい埋もれた作家いっぱいいるし」

そのとき、部の扉が開き、ぱっと明かりが点《つ》き米岡が入ってきた。明るくなった部屋に一瞬目が眩《くら》む。

「えっ、やだ河野っち何やってんの？　え？　貝塚くん？」

「米岡こそどうした、こんな時間に」

米岡と貝塚は同期入社だ。忘れ物、と答えて米岡は隣にやってきてキャビネットの鍵穴に鍵を突っ込み、抽斗《ひきだし》の中から財布を取り出した。

「なあに、こんな時間にこんな場所でコソコソしちゃって。逢引？」

「古いな、言葉が。ていうか大胆すぎる忘れ物だなそれ」

「今やってるゲラに出てくるの。いいよね、なんかキュンとくるよね、逢引」

あいびき、という四文字の言葉について米岡と貝塚はふたりで盛りあがった。それを傍《はた》からぼんやりと悦子は見ていて、やはり自分がいるべき部署はここじゃない、と思う。文学に興味もない、いちいち辞書を引かないと小説に出てくる難しい言葉の意味も判らないことに対する恥は感じないが、与えられた仕事を完遂するには悦子には情熱が足りなかった。ひと呼吸して立ちあがる。

「私、帰る」

「え、やだやっぱり逢引のお邪魔だった？」

「違うって。なんか疲れたから」

時計を見ると午後十時を回っていた。会社をこんなに遅く出るのは初めてだったが、ひとりで乗り込んだ下へ向かうエレベーターの扉が開いたとき廊下の向こうに見えた女性誌編集部は、昼間かと思う勢いで活気に溢れていた。早くあっちに行きたい、とその喧騒を五秒くらい眺めたあと、誰も乗り込んでくることなく扉が閉まった。


三週間後、文芸界がふたつの大きな文学賞で大騒ぎの夏の暑いさ中、本郷の新作の見本が印刷所からあがった。校閲部にも一冊回ってきた。見るのもイヤだと思いつつ、自分の書き込み箇所がどれだけ活かされているかを確認するため、手に取って開く。

「あ、出たんだ。うっわ貝塚くん、相変わらず帯コピーのセンスなさすぎ」

米岡が隣から覗き込んできて、巻いてある帯の「女は男の旅路に謎を産む」という意味不明のコピーを見て笑った。本当に売る気あるのかと悦子も思う。しかしそれよりも、本文に目を走らせて悦子は思わず二度見した。

「時間、直ってる……」

「え、二時間ずれてるやつ？」

電車移動する場面は四箇所あった。そのすべてを確認した。直っていた。おそらく貝塚は確認していないだろうと思い内線電話を掛けようと受話器に手を伸ばしたとき、電話が鳴った。

「はい校ぇ」

「見たか？　俺の功績！　俺の功労！　ザマーミロ!!」

悦子が何か言う前に通話は切れた。そして二分くらいののち貝塚が校閲部に走り込んできた。得意満面で、手には悦子と同じく本郷の新刊がある。

「どっちかって言ったら私のおかげのような気がするんだけど」

「バッカ、俺のおかげだって。最終校入れたの俺だもん」

「でも今日まで直ってるの知らなかったんでしょ？　最終校もらったのあんたのくせに」

本郷の妻はどうなるのだろう、と関係ない立場だが、考える。世界には夫しかいない、夫を通して見る世界しか知らない女。取材に出た日の出発時間も帰宅時間も憶えているだろうから、二時間の空白に気づけばきっと原因を探り、本郷家は修羅場になる。

「……奥さんにバレたらどうすんの？」

「おまえでもそういうこと気にするの？　まあ、校閲が間違えたとかでしら切り通すんじゃねえ？」

「意味ないじゃん！　私の仕事は完璧なのに！」

席を立ち抗議しようとしたとき、貝塚が胸ポケットを探り携帯電話を取り出した。本郷先生からだ、と小声で言い、通話ボタンを押す。見本できましたよ、すごく良い出来ですよ、とか生温い会話をしたあと、何故か「代われ」と端末を差し出された。罵倒《ばとう》でもされるかなとうんざりしながら電話を受け取る。しかし受話部越しに聞こえてきた声は落ち着いていた、というかなんとなく諦めの色が滲んでいた。

「妻に服をプレゼントするから選んでくれ」

「イヤです」

即答すると、意外そうに本郷は言った。

「どうして。そういうの得意なんだろう、君は」

「詫びの品ですよね、そんなの自分で選ばなきゃ意味ないです」

そりゃそうだな、と電話の向こうから笑い声が漏れた。

「あ、でもひとつだけ。ちょっと『商売女』っぽいお洋服とか靴とかプレゼントすると喜ぶかもしれませんよ」

「妻はそういうの憎んでるんだが」

「最初にバレた先生の浮気相手がそういう人だったからでしょ、どうせ。ああいうこと言う人って、その対象にちょっとした憧れも抱いてるんですよ、実は」

めんどくさい生き物だな、と溜息をつくのが聞こえたあと、

「本当はもういないんだよ、愛人なんて」

という呟《つぶや》きがつづいた。

「本文直してくれたならどうでもいいですそんなこと」

「君ならそう言うだろうと思った。少しの時間でも、ひとりになりたかっただけなんだ」

悦子は彼の静かな訴えを編集者に伝えるべきか、ちらりと隣の貝塚の顔を窺《うかが》ったが、おそらく男の沽券《こけん》みたいなものがあるだろうと、胸の中に仕舞っておくことにした。

「ご健闘をお祈りします。どうしても困ったらオススメのブランドくらいはお教えしますよ」

「うん」

「次のお原稿も、お待ちしていますから」

「……判った」

貝塚に戻す前に通話は切れた。無言の端末を貝塚に差し出す。

「次のお原稿、って言わなかったか今？」

「言った。判ったって言われた。これは間違いなく私の功績だからね？　近いうちなんかおごれよ？」

声にならない叫び声をあげ、貝塚は校閲部を小走りに出てゆく。騒がしいやつ、と呟き机に向き直ると米岡がニヤニヤしながらこちらを見ていた。

「ちょっと校閲が楽しくなっちゃった感じ？」

「ぜんぜん。そもそも今のは校閲の仕事ではないし、貝塚がもっと真面目に仕事してりゃ私がこんなことする必要もなかった」

背もたれに上半身を預け、思い切り身体を伸ばす。楽しくなんかない。校閲は機械的に作業をするだけだ。でももしかしたらほかの部署の人も、もしかして作家でさえ同じことを感じているのかもしれない、と天井を見つめながら少しだけ思う。

「河野っちもいつか校閲楽しくなるよ」

「ぜったいならない。私はぜったいファッション誌に行く」

自分に言い聞かせるようにして米岡に答え、キャビネットの抽斗を開ける。そこには今まで担当した十八冊の単行本。もうこれ以上増えないようにと祈りながら、本郷の新刊を一番上に載せた。

第二話

校閲ガールと編集ウーマン

悦子の研修メモ
その2

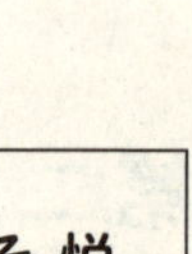

【初校】ゲラの第一弾。これを校閲する。

【再校】初校の校閲を反映したゲラ。これも校閲する。
ここで終わらない場合は三校～と増えていく。

【念校】念のためもういっちょ出しとく。念のため、
なので赤とか鉛筆とか入るのはイケてない。

【著者校】著者が行った校正。その校正ゲラ。

【校了】直しや確認がぜんぶ済んで、あとは印刷所
におまかせ！　出版社の手を離れること。

【校了日】編集者がおうちに帰れない日。

「え？　コーエツって何？　編集とかじゃないの？　出版社でしょ？　何する仕事なの？」

たぶんこのあと店を出て別れたら三秒で忘れるであろう特徴レスな顔をした「トレーダー」の男性が、ハイボールのグラスを揺らしながら半笑いで悦子に尋ねた。ネクタイは鈍い光沢のあるロイヤルクレスト、濃紺にピンストライプのスーツは、袖口の形状からしておそらくラブレスだろう。しかしカフスボタンに入っている石がタイガーアイで、どうにもおじさんくさい。

「私もまだよく判らないんですよぉー」

垂れ目メイクは完璧、香水はジル・スチュアートのオーデコロン、お洋服は不本意ながら男ウケだけを狙った、総レースの白いAラインミニワンピース（化繊）に、靴はピンクのサマンサ。せめて自我を保つために靴下だけはアンティパスト。ファッション誌『C.C』に配属された同期の女子社員が催した本気モード合コンの場で、悦子は「モテ子コスプレ」をしている自分に対する羞恥心とひたすら戦っていた。

「そういえば俺、先週車買ったんだよね」

なんの脈絡もなく、それまでよりも少し大きな声で、トレーダーが言った。

「私も先週、今年のコート予約したんですぅ」

負けじと悦子も言った。それでもざわざわとした居酒屋の個室はあまり静かにならなかった。

「外車ってメンテに金かかるんだよなあ」

「判りますぅ、シルクとかビスコースとか、クリーニング代バカにならないんですよねぇ」

「イタリア車なの、なんだと思う？　速い系の車」

「そういえばロエベって結構な人がイタリアのブランドだと思ってるけど、あれ実はスペインなんですよ、ご存じでした？」

「ヒントはね、頭文字がA。判る？　女の子は車とか判んないかー、えっとね」

「ドライバーのエンツォ・フェラーリに独立されてF1でフェラーリ社に惨敗した挙句、経営不振でフィアットに買収されたにも拘《かかわ》らず未練がましくヴィスコンティ家の紋章のエンブレム掲げたまま営業してるアルファ・ロメオのことですか？」

「……」

斜め向かいから、悦子と似たような服装をして別の男子と談笑していた今井の、氷のような視線が飛んできて、慌てて悦子は取り繕った。

「大丈夫です、ダイハツも言わばトヨタの傘下ですしトヨタの軽自動車はダイハツが作ってます。スバルなんて飛行機のエンジン作る技術持ってるくせにF1参戦してボロ負けしましたし、そういうの、よくある話ですから！」

コウ エツ【校閲】《カウ―》（名・スル他動）文書や原稿などの誤りや不備を調べて、なおしたり補ったりすること。「馬琴の―を経たりしものにて〔小説神髄〕」

『新潮現代国語辞典』より

景凡社は紀尾井町に本社ビルを持つ、週刊誌と女性ファッション雑誌が主力の総合出版社である。三十年くらい前から文芸にも本腰を入れ始め、八年前に自社の文学新人賞を創設するまでに至った。だが今どき読書が趣味、というのは一部の人であるらしく、長引く不景気も手伝って文芸書は特に値段も高いため売れない。景凡社の文芸編集部は、主力であるファッション雑誌と週刊誌の利益を食いつぶしながら、「総合出版社」としてのメンツを保つためだけに辛うじて生き残っている部署だ。あのとき文芸ではなくコミックに参入すべきだった、と社長まわりの人間たちが言うのを、よく耳にすると風の噂で聞く。

出版社といえば必ず存在するのが編集部。出版社に限らず多くの企業に存在する営業部。ほかにも「広告宣伝部」とか「総務部」とか、一般的に耳にする「企業組織における主だった部署」はだいたい出版社にも存在する。しかし出版社の中でも、一部の出版社にしか存在しない部署がある。それが「校閲部」である。

昼休みの受付ロビーでいつものように壁面の棚から今日発売の女性ファッション誌を取り出し、悦子はソファに座ってうきうきとそれを広げた。

「ねえ、河野さんって車好きだったの？」

カウンターの中から、今日も完璧に美しく髪を巻いた今井が声をかけてくる。

「一ミリも興味ない」

「じゃあなんであんなこと言ったんですか、昨日の合コン、メンズたちドン引きだったじゃないですか」

「こないだまで校閲やってたハードボイルド小説にいっぱい車の話が出てきたの。事実確認してるといらない知識ばっかり増えるの。悪かったよ、空気乱して。ごめんね」

「そんだけいっつも女性誌読んでんだから、合コンでのお作法くらいいくらでも身についてんでしょうが。バカなの？」

ぐうの音も出ない。

受付嬢の今井は短大卒の縁故入社で、悦子よりも入社が一年早いだけだが実質的に若い女子社員の中で一番の権力者である（専務の縁故だから）。悦子が毎月、発売日になるとロビーでファッション誌を読み漁《あさ》っているのを彼女はずっと見てきていた。

最初は、いつも装いが完璧すぎる悦子のことを女性誌編集者だと思い込んでいたらしいが、装いが完璧すぎるくせに社内でもぶっちぎりで地味な、社員ですら具体的な生態を把握していない部署である校閲部、しかも文芸書校閲の社員だと知って以来、憐憫《れんびん》も込めて親しくしてくれていた。今井を含めた受付嬢たちに自分が陰で「オシャカワ（オシャレで可愛い、ではなく、オシャレしてても無駄で可哀想）」と呼ばれていることを悦子は知っている。

来客がないのをいいことに昨日の合コンで誰が良かったか、などと話をしていたら、入り口の自動扉が開いて、ひっつめ髪に眼鏡、踵《かかと》の磨《す》り減った三センチヒールのパンプスを履いたスーツ姿の女が、弁当屋の袋をぶら下げて入ってきた。入社二年目の悦子の同期だが、齢《よわい》三十八くらいに見える。

彼女は悦子たちを、まるで汚いものでも見るかのように一瞥《いちべつ》すると、首から下げたIDをセンサーにかざし、さっさとエレベーターホールへと入っていった。

「……出た、テッパン。感じ悪ーい」

姿が見えなくなったあと、今井が僅《わず》かに嘲笑を含んだ声で言った。

「ケツパン？」

「ケツじゃなくてテツ。鉄のパンツ穿《は》いてそうじゃないですか、藤岩《ふじいわ》さんって」

「いやあ、あれはグンゼの綿パンじゃね？」

「河野さんてば優しいー」

知ってる、と思いながら悦子は藤岩の消えた方向をなんとなく眺めた。まだ一冊も彼女が編集を担当した本を校閲したことがないが、本当に仕事をしているのだろうか。

一時を回ったので棚に雑誌を戻し、悦子は足取り重く校閲部に戻った。今朝渡された原稿がたいへんややこしいため、これはかなり大仕事になる。ああいやだ。

——東京駅が雅やかになってきたのはいつのころからだろうか。

少なくとも私が学生時代、田町を中心に遊びまわっていたころにはそんなことはなかったはずだ。嗚呼、懐かしき青春の日々よ。私がわが社に勤めることを決めたのは、当然社長に拾われたこともあるが、この愛すべき京浜東北線上にあることも大きい。生まれてから私はずっと京浜東北線を使い続けている。そんな京浜東北線の一角が雅になりだしたのは、私がそれに気づいた時期とほぼ等しい。東京駅に突如現れる雅な人々。方々、というべきだろうか。

タグチなぞは「歩きのまどろっこしいヤツら」などと唾棄するが、きっとヤツは彼らの素性を正しく理解していないに違いない。雅なのはその立ち振る舞い、衣振る舞いではなく、その仕える人である、ということに。

ラッシュがあらかた落ち着いた東京駅から乗ってくるのは、輝かしい烏帽子をかぶった一団である。高貴な色である紫色に染められた烏帽子には彼らの所属を表す幾何学的なマークがスパンコールで縫い付けられている。

烏帽子を除けば私と同じく企業戦士に見えるファンキーな彼らこそ、我が旧友であり悪友ある、秋葉原から大宮までに多大な影響力を持つ〝秋葉原宮実松《あきはばらのみやさねまつ》〟に仕える方々なのである。

15両編成の電車は秋葉原にさしかかる。

雅人口は乗客の約三割。イチ車両あたりの乗客二百人ほどであろうか。つまりこの編成では60×15で900人の雅が乗車していることになる。すべて実松の子飼いの雅である。今更ながら彼らの権力の大きさを痛感する。秋葉原宮実松。いわずとしれた我が国随一の電気街、秋葉原の創始一族の末裔である。

彼ら一族のルーツは源平の頃にまで遡るらしい。やんごとなき一族のメインストリームである秋葉原宮一族は、その秀でた雅さ（要するにファンキーさ）と、優れた技術力をもって、時代に君臨していた。その支配は5世紀にも及んだという。しかし、優れた技術力が常に時代の支配者に歓迎されるとは限らなかった。

時代は混乱の戦国時代を迎え、秋葉原宮一族の技術力を我がものにせん、と諸大名たちは躍起になり、それがかなわぬと感じた彼らは一族を徹底的に弾圧し、己がものとならぬのならば、と一族を滅ぼすに至ったのだ。

この話の真偽はわからない。実松に直接聞いた話だ。私と実松は同じ工業高校の同級だ。その雅ないでたちと、如何ともし難い高貴なものいいからか、麿と呼ばれ疎まれ続けていた実松をひょんなことから助けるに至り、感謝のしるしとして彼のルーツをあかされたのだ。迷惑なことこの上なかったが、その壮大さに心を奪われた私は高校の3年間、秋葉原宮一族の悲哀を聞き続けることになった。

そして今や実松は我が社の一番の上客であり、私にとって忌むべく取引相手の一人である――


漢数字と算用数字の交じった箇所にまず鉛筆を入れる。「悪友ある」の間に「で」、「乗客二百人」の間に「は」の字を。「わが」と「我が」の統一は？　そしてふたつ目の「一族」に傍線を引き「トル？」を入れたあと、少し丸まった鉛筆の芯先がゲラの上をクラゲのように彷徨《さまよ》った。

――秋葉原宮一族は歴史上実在しないがＯＫ？

――源平の頃には秋葉原は存在しないがＯＫ？

――輝かしい烏帽子《えぼし》を被った一団の着ている衣服はスーツor平安装束？　描写したほうが想像しやすいのでは？

該当箇所に✓印を入れ、曲がりくねった文字でなんとか版面《はんづら》の外の余白に書き入れたあと、どう考えても無駄だろうと思い直し、のろのろと消しゴムをかけた。もう、何がなんだか。どこからどう手を付けていいのか判らなすぎて発熱しそうだ。眩暈《めまい》がする。

午前中にざっと素読《すよ》みした限り、これはネジ製造企業に勤めるサラリーマンが京浜東北線で蒲田から大宮まで通勤するだけの話で、題名が『犬っぽいっすね』なのに最後まで犬が出てこない。最後のほう、さいたま新都心駅付近で、雅な烏帽子の人々が乗る「リニアモーター牛《ぎゅう》（音速で走行する牛車《ぎっしゃ》）」が出てくるくらいだ。深く長く息をつき、椅子を回し窓のほうに向いて尋ねた。

「ねえ部長、これ、私、何をどうすればいいの？」

「誰の原稿だったっけ？」

「是永是之《これながこれゆき》、の、書きおろし」

ということは、雑誌連載されていた原稿に比べて作業が多い。しかも編集部から添付されてきた校閲指示書はほぼ真っ白だった。

「ああ……。一応その人純文デビューなんだけど、文字まわりの校正だけやっておけばいいよ。事実確認とか無意味だから」

こんな文章を書く人の頭ってどうなってるんだろうか。ゲラに向き直ったとき、隣から鼻水を啜《すす》りあげる音が聞こえた。音源を辿ると米岡が目を真っ赤にしてティッシュを箱から取り出しているところだった。

「え、なに泣いてんの、引くんですけど」

「こ、この小説、すっごい良いの……わたしの大好きな四条《しじょう》先生の新作なの……」

ズバーンと音を立てて洟《はな》をかみ、ゴミ箱に投げ捨てると米岡はまたゲラに目を落とした。中身の性別はどっちか判らないが、見た目が成人男性の人がここまで激しく泣いているのを肉眼で初めて見た。そして鉛筆を持ったままの右手が完全に止まっていた。あーあ、と悦子は思う。

悦子は小説に興味がない。中学生のころ友達の影響でケータイ小説くらいは読んでいたが、会社に入って仕事で初めてまともな本を読んだくらいで、それほど面白いとも思わない。しかし米岡は文学部日本文学科出身かつ小説を面白いと思うタイプで、ときどき校閲部にやってくる同期の編集者・貝塚と、最近面白かった文芸書の話などをよくしている。案の定、

「米岡くんと河野さん、ゲラ取り替えて」

とエリンギ（部長）の声が飛んできた。奇《く》しくも両方とも今日の朝、文芸編集部から届いたものだった。今ならまだ間に合う。この意味不明の原稿から離れられるかもしれない。

「す、すみません大丈夫です、できます」

「ダメだよー感情移入したら。冷静に校閲できなくなるでしょ。取り替えて」

たしかに是永是之のゲラは感情移入のしようがまったくない。そもそも校閲者が小説にのめり込んでしまうと誤植などを大量に見落とし、事実確認もおろそかになる。

本来米岡は、日本語の美を愛し自分の手で作家の文章がブラッシュアップされ、より正しく美しいものに変わっていくことを至上の喜びとするタイプだ。それを凌駕《りょうが》するくらいの「良い」小説ってどんなだろう、と思いながら悦子は自分のゲラの束《たば》を整え、米岡の机に押しやった。が、米岡は自分のゲラの上に身を伏せ、「渡さない！」と叫んだ。

「意味判んないし。その状態でちゃんとできんの？」

「できるもん！　四条先生がウチから本出すの、十年ぶりなんだよ⁉　やらせてよ！」

「じゃあ、とりあえず貸して。何ページまで見た？」

悦子の言葉に渋々と米岡はゲラの束を渡してきた。九六ページまで見たというのでそこまで確認する。最初のほうは几帳面な文字で鉛筆も赤も入っていた。しかし四〇ページを過ぎたあたりから一切の記号が入っていなかった。校正すべき点があるにも拘らず。

「ほら、読んじゃってんじゃん。『摑』がところどころ新字のままになってるし、ルビが中付きと肩付き交じってる。改行なのに一字下げにされてない箇所もあるし、一目見たら判るじゃんよ、こんなの」

「……」

恨めしそうに米岡は手を伸ばし、ゲラを奪い返そうとした。

「ちょっと、私がやるから！　こっちのほうがラクそうだし私もこっちがいい！」

「イヤ！　返してわたしがやるの！　助けて四条先生！」

悦子が米岡とギャーギャー言いながらゲラを奪い合っていたら、うしろから、

「ちょっと、何やってるんですか！」

と甲高い女の声が突き刺さった。扉のほうに目をやると、今井曰《いわ》くのテッパンこと藤岩がペラ一枚を握り締め、なまはげみたいな形相で突っ立っていた。改めて見ても着ているスーツが本当にダサい。ちらりと目を走らせた机の上の校閲指示書によれば、米岡が執着しているこのゲラの担当編集者は藤岩だった。つかつかと彼女はこちらにやってきて、悦子と米岡の手からゲラを奪い取るとふたりを睨《にら》みつけながら言った。

「私、米岡さんにお願いしますって申し送りしましたよね。なんであなたがこのゲラに触ってるの？　触らないでよ！」

「だって米岡、普通に読んじゃってるんだもん。それでもいいの？」

「米岡さんでまかなえない部分は私がフォローします。真理恵《まりえ》様のお原稿に汚い手で触らないで！」

思わず指先を見た。確かに赤インクと鉛筆でところどころ汚れていた。ウェットティッシュを一枚抜いて拭《ぬぐ》う。

「そういう意味じゃない……」

「ごめん藤岩さん。ちゃんとやるから。マリエンヌとして頑張るから、わたし」

「マリエンヌ？」

「四条真理恵様の信者のこと。わたしも藤岩さんもマリエンヌなの。ねー？」

信者という言葉に、なおのことダメなんじゃないかと思う。エリンギのほうを振り向くと、諦めたような顔で頷《うなず》いていたので、悦子はなんとなくガッカリした気持ちで、米岡の机に押しやった是永是之のゲラを手繰《たぐ》り寄せた。指先の汚れを拭ったついでに、スワロを盛ったネイルに付着した皮脂汚れも丹念に磨き、伸び具合を確認していたら、視線を感じた。

「あなたみたいな人、文学に関ってほしくない」

なまはげ、じゃない、ケツパン、でもない、テツパンが瞳に怒りを湛《たた》えて悦子を見おろしていた。

「私だって関りたくて関ってんじゃないし。ほっとけよ」

「恥知らず、校閲のくせに何よその爪、チャラチャラしちゃって」

「どっちがよ。景凡社の社員のくせになんなのその服、貧乏くさい」

ケッパンはしばらく悦子を睨み下ろしたあと、ふん、と鼻を鳴らして部屋を出て行った。そのあと軽くエリンギに怒られた。そしてケッパンじゃなくてあれはテツパンだった。


四条真理恵は高校生のときに少女小説のレーベルでデビューし、二十五を過ぎたあたりから一般文芸へ移行した無冠の女王なのだと、米岡に教えられた。現在四十六歳。作家歴は三十年近いし、一般に移行したあとに取り組んだのはアジア諸国の史実をもとにした重めの歴史小説が多い。それなのにひとつも文学賞を取っていない。マリエンヌたちは真理恵様のプロフィールに賞の冠を与えない文芸界に憤《いきどお》っているという。

「へー、ふーん、そっかー」

「真面目に聞いて！」

昨日家に帰ったあと、藤岩とほとんど喋ったこともないのに、なんであんなに敵視されてるんだろうと風呂の中で考えたが、答えは出なかった。また、真理恵様が米岡の言ったとおりベテラン作家ならば、藤岩のようなペーペーが担当に付くことなどないだろう。それも何故なのか考えたけれど、答えは出なかった。

ふたつとも普段ならすぐに忘れる程度のできごとだが、初校ゲラには二週間かける。そのあいだに藤岩は頻繁《ひんぱん》に校閲部にやってきた。そして米岡と額《ひたい》を突き合わせ原稿について語り合い、自らの手で校正を加えたりもしていた。二週間、悦子に話しかけることは一切なかった。やっぱり原因が判らない。

「え、憶えてないの、本当に？」

是永のゲラを外校《そとこう》に出した日、久しぶりに昼間社内にいるというので、先日の合コンの幹事、『C.C』に配属された同期の森尾《もりお》とランチに行ったら目を丸くされた。なお、女子の同期入社は森尾と藤岩と悦子だけだ。

「え、私、なんかしたっけ？」

「入社式んときにさー、うちらが『女で東大とかマジ引く』って言ったの聞かれたんだよ。それ以来あたしも目の敵《かたき》にされてるし」

「あらやだー、そんなのただの嫉妬なのにー。東大行きたかったなー私も」

「あたしもだよー。落ちたからなー」

「うっそ、受けたの？」

「うん、ミス東大になりたくて。でも落ちた」

森尾の出身大学であるW大学は学生の母数が大きいため、彼女よりも綺麗な女子はたくさんおり、結局ミスの冠は取れなかったという。東大だったら女の学生少ないし、イケんじゃないかと思ってた、という単純な理由だった。

「藤岩さん、あたしたちとは合わないに決まってるし、気にしなくていいんじゃない？　だってあの人、文芸編集者になりたくて文芸最大手の燐朝社と冬虫夏草社受けたけどふたつとも落ちて唯一受かったウチに来たんでしょ？」

「そうなんだ」

「ほんっとに他人に興味ないねあんた」

「女性誌編集部の人事には興味津々なんですけどねー」

相変わらずLassy編集部に空きはない。ここのところ売り上げが落ちてきているという噂を聞くので人員も減らされるかもしれない。嗚呼、私を投入してくれたならどんな手段を使ってでも売り上げ増を確約するのに!!　しかし願いは届かない。久しぶりのお喋りであっという間に一時間が経ち、レジで別々に会計を済ませていると森尾が尋ねた。

「あ、あたし明後日《あさって》から取材で韓国行くんだけど、なんかほしいものある？」

「別に羨《うらや》ましくなんてないからね！　私だっていつか韓国飛び越えてミラノまで行くんだからね！　今に見てろよこのやろう、スキンフードのスクラブとセムのバブルマスクとソルファスのフィニッシャー買ってきてください！」

「はいよー」

店の外に出ると、暦の上では秋だというのに激しく夏の日差しで、ふたりして思い切り顔を顰《しか》めた。


再校が出るまでに違う原稿の初校を担当しつつまた森尾主催の合コンがあり、男性陣とは同じようなやりとりをし、相変わらず彼氏ができないまま是永是之の原稿をうんざりしながら受け取る。隣では四条真理恵の再校を受け取った米岡が目をキラキラさせて目次ページを眺めていた。

「こんなわけの判らない原稿に煩《わずら》わされてたら、また実りがないまま一年が経ってしまう……」

ゲラを押し退《の》け机の上に突っ伏すと、かなりむかつくテンションの米岡が肩を叩いてくる。

「まだ十二月まで時間あるから、ガンバ！　いっそ貝塚くんと付き合っちゃえば？」

「あんなセンスのない帯コピー書く人と、あんたは付き合える？」

「……うん……ごめん」

　ぶつくさ言わずに仕事しよう、コートの支払いあるし、と思い顔をあげたところに藤岩の姿が飛び込んできた。目に、ではなく物理的に藤岩が校閲部に飛び込んできた。そして今まで聞いたことのないような裏返った声で叫んだ。

「よ、米岡さん！　米岡さーん!!」

「なぁにぃー？」

「丸川賞の候補に！　真理恵様の御本がノミネートされたって！」

　瞬間、米岡は椅子をうしろの島（雑誌校閲）にまで弾き飛ばす勢いで立ちあがった。幸い人はいなかったが、場合によっては大事故だ。

「どれ!?　去年のアレ!?」

「そうです！　明壇社の『インドシナの乙女』です！」

　もっさりした地味な女とインコみたいな色合いのグレーゾーンが手を取り合いぴょんぴょん飛び跳ねて喜ぶ姿を、悦子は何の感動もなく横目で眺める。

　丸川賞は音羽にある明壇社が主催している年に一度の文学賞で、冬虫夏草社が主催する年に二度の大規模な文学賞よりやや権威や知名度は劣るが、会社自体が大きくパブリシティにお金をかけることができるため、明壇社から出版した本でこの賞を取った場合は間違いなく売れる、らしい。

「うるせえ黙れ！」

部屋の端でテーブルを囲み作業をしていた雑誌校閲班から殺気立った怒声が飛んできて、キャーキャーと子供のようにはしゃいでいたふたりはようやく黙った。今日は週刊誌の校了日でもある。外注の校正者も大勢いる。藤岩はわざわざ大テーブルへ向かい、ふかぶかと謝罪したあと再び米岡のほうへと戻ってきた。

「祈りましょう、マリエンヌたちの願いが届くように」

「もちろん！　藤岩さん、待ち会行くの？」

「はい、もちろん」

「いいなぁー、あーんわたしも行きたい行きたい行きたいよぅー！」

「ねえちょっと、外でやってくんない？」

せっかく仕事をしようと決意した気力がどこかへ行ってしまいそうだったので悦子は言った。案の定、ムッとした顔で藤岩は悦子を睨みつけ、米岡の手を引いて部屋の外へ出てゆく。もう、おまえら付き合っちゃえよ。

しばらくののち米岡だけが席に戻ってきて「ごめんね」と謝られた。

「……そうやって夢中になって応援できるものがあるのっていいね」

特にそんなものが存在しない悦子は思わず漏らした。

「河野っちだってあるでしょ」

「なんかあったっけ？」

「うちのファッション誌」

「でも、私はそれに関れないし、あんたたちみたくは」

悦子の答えに米岡は口を噤《つぐ》み、憐憫の微笑を浮かべた。憧れて止《や》まない大好きなものがこんなに近くにあるのに、一文字たりとも関ることができないのが改めて悔しい。与えられた仕事を真面目にやっていれば異動願いは通りやすくなる、というエリンギの言葉を信じて、今は目の前のゲラを校閲することしかできない。米岡が席に座ったのと同時に、悦子も再校ゲラに目を落とした。

待ち会、という言葉をあとでこっそり調べた。街コンみたいなもんかと思っていたらぜんぜん違って、候補作の版元の担当編集者が幹事となり、他社の編集者も集め一緒に受賞もしくは落選の連絡を待つ会だという。まんますぎて、もうちょっと捻《ひね》れよと思う。場所は飲み屋だったり作家の家だったり、そういう馴れ合いを嫌う作家は単独でパチンコ屋や風俗店に行ったり、パーソナリティによって様々のようだ。作家は自分の担当編集者の顔と名前を知っている。そして多くの作家は彼らと集まり、そういう場で喜びや悲しみを分かち合う。

一方、悦子たちはひとまとめに「校閲の人」や「校正さん」と呼ばれ、作家の前に姿を現すことはない（本郷大作のケースはとってもレア）。行きたい行きたいと喚《わめ》いていた米岡も立場を弁《わきま》えており、本当にお邪魔するようなことはしないだろう。彼は離れた場所で愛する作家の受賞を喜ぶ、もしくは落選を悲しむ。

待ち会で受賞が決まったのちに開催される「授賞パーティー」も、参加するのは基本的に営業と編集だけだ。校閲部には声がかからない。一度くらいは行ってみたいと思うが、行っても担当した原稿の作家は自分のことを知らないとなると、なんとなく疎外感を味わいそうでイヤだ。

というのも、『犬っぽいっすね』の再校を読みすぎて逆に是永是之に興味が湧いてきてしまった。覆面作家らしく、画像検索しても顔は出てこないしWikipediaの情報も乏しい。生年月日すら判らない。

——実松のお膝元の秋葉原を過ぎると、名高き御徒町である。御徒町自体に思い入れも因縁もないが、上野御徒町と銘打つ駅が存在しているがゆえに、A点B点の一端、といった雰囲気がある。そしてA点が有名であるがゆえに重要度がさほど感じられぬのは否めない。そういった名高さである。

タグチの一族の出身は御徒町らしい。既に五回ほど聞いた。駅同様、オリジナリティもアイデンティティも希薄だ。思い出深く遠くを見つめ、ちょっと照れ笑いを浮かべながらタグチは、

「御徒町の女子たちは可愛くないと、額にメンコ張られるんですよ。これこそオカチメンコ、なんつって」

などという。これも既に五回ほど聞いた。

人間のもっとも恥ずべき行動の一つが、発言に対する反応待ちであろう。ましてやそれがはにかんだ表情で、上目遣いと共に行われた日には（大体にして、私よりも遥かに上背のあるヤツが上目遣いとは何事か）悔しさも相まって、一層苛立ちは増し、タグチへの対応も益々冷酷にならざるを得ない。

普通の忍耐力しか持たぬ人間だったら、ほぼ間違いなく怒りのあまり気が遠くなるような憤りも、愛社イズムで数々の難関を乗り越えた私は受け流す。少なくとも表面

上は、いつも通りのクールガイとして振る舞う。

そういえば過去、クールガイの話をしていたら喫煙所でタグチから、「クールガイってムール貝に似てますよね」と、お前のどこがお笑いマニアだ、と突っ込みたくなるような発言をされたことがあった。

あのときは不覚にも、クールに振る舞うムール貝を想像し、彼（ムール貝）が愛憎関係のまっただなか、「俺には女も、過度の愛情もいらねえよ、貝だからな」と、ニヒルに去っていく姿を想像し、腹筋がつりそうになったことがあり、非常に口惜しい思いをした。

彼（ムール貝）はその後安住の地を見つけ心穏やかに生きることができたのだろうか。二枚貝であるがゆえに、その去りゆく姿は大層落ちつきなく忙しなく、クールガイらしからぬ様相であった。そして、彼に去られた女たちは、今も変わらず彼を思い続けているのだろうか？　おそらくそうだろう、キングオブ貝の彼だ。代わるものもそうそういない。

ともあれ、メンコの云々はタグチのお気に入りのネタであるのだが、残念なことに私はその元ネタが、とあるエロ本の四コママンガであることを知っている。そしてそれに対し絶対に突っ込むまい、と堅く心に誓っている。タグチの反応待ち要求を満たすつもりはさらさらないし、タグチとリビドーを共有するのは言わずもがな。ましてや日々の生殖活動を昨夜観たテレビの報告のようにするヤツのことだ。私とヤツの共通事項のごとく語られるのは絶対に耐えられない。生殖活動に関する話を日常的にするようになって初めて互いの心が通じ合ったと言える、などと第三者の心を堅く閉ざすようなことをタグチは言うが、私は生殖活動も、性衝動もなるべく心の深いところでそっと、おろしたてのタオルケットでもかけてそっとしておきたいのだ——

こういう話を考えつくのがどういう思考回路の持ち主なのか、担当する編集者に聞いてみようとも思ったが、なんと彼を担当しているのは文芸編集部の部長だった。部長クラスになると滅多なことがない限り大御所しか担当しない。Wikiによれば是永是之はデビューして五年目。まだ新人だ。何故なのだ。もしかしてめちゃくちゃ歳取った作家なのか、それとも部長の息子なのか。否、息子だったら父親に担当してとは頼まないだろうし、そもそも是永は他社デビューだ（景凡社に純文学の新人賞は存在しないし）。

という動機でパーティーに行ってみたいと思った。しかし会えたり話せたりする可能性もあまりないだろうし、繰り返すが疎外感を味わうのはイヤだ。

丸川賞の候補が出てから十日後、選考会の行われる日がやってきた。昼休みが終わったあと、数日ぶりに藤岩が校閲部へ訪ねてきた。

「どうしよう米岡さん、私、緊張してます！」

「わたしもだよ！　どうしよう！　待ち会、どこでやるの？」

「アランディカスってお店ですって、さっきメールが来ました」

横目に眺めながら会話を聞いていて、悦子はその言葉に耳を疑い思わず尋ねた。

「……そんな良い店でやんの？」

「は？　あなたには関係ないでしょ？　羨ましいの？」

「別に羨ましくはないけど、それディカスじゃなくてデュカスだから。あと本当は『ベージュ』って名前の店で、アラン・デュカス自体はミシュランで三つ星取ったシェフの名前だから。知らないみたいだから教えてあげるけどその店、シャネル銀座ビルの最上階にあってランチの相場は一万円、ディナーコースの相場は二万円っていう価格帯のレストランだからね？　ドレスコードって言葉ご存じ？　あんたその格好で行くつもり？」

藤岩は今日も、どこで買ったのかと思うような肩幅の合ってない野暮ったいスーツに、踵の磨り減った艶《つや》のない黒のパンプスを履いている。髪の毛もゴムでひとつに縛ったただけで、しかもすっぴんだった。悦子だったら恥ずかしくてこんな格好ではシャネルの入り口まで行けない。というか、銀座の地に立つ勇気さえない。藤岩は僅かに顔を赤く染め、眉を吊りあげた。

「スーツはどんな場でも正装なんですけど！」

「違う、あんたのそれはただの作業着。恥ずかしくないの？」

「外見を飾らなきゃいけないほど私、頭空っぽじゃありませんから」

「私に対してじゃなくて、ベージュみたいな店で念願の賞が取れるか取れないかを待つ作家に対してよ。あんた四条先生の担当編集者として店に行くんでしょ、てことは四条先生の連れなんでしょ。立場を考えなさいよ、店の人がどう思う？　もう一度言うけど、銀座のシャネルにある店だよ？　日本の旗艦店よ？　あ、もしかしてシャネルをご存じない？　だったらガブリエルの生い立ちから教えてあげるけど？」

「……」

黙り込んだ藤岩は悦子から目を逸《そ》らし、縋《すが》るような顔で米岡を見た。米岡はわりと服装に気を使っていて、可愛いものを着ていることが多い。爪の先まできちんと手入れしているであろう美へのこだわりが窺《うかが》える、外見的な面だけで言えば悦子側の人間だった。それに藤岩は初めて気づいたらしく、はっと息を吞む。

「私……真理恵様に対して失礼ですか？」

米岡は困った顔をして悦子を見る。悦子が何も言わないでいたら眉尻を下げ、「ちょっと失礼かな、とは思う」と答えた。よし、よく言った米岡。

「藤岩さんのポリシーなら仕方ないと思うけど、普通の人はあんまり行けないような お店だし、実際わたしや河野っちは校閲だから関係したくても関係できないけど、藤岩さんは編集者だから会社のお金で飲み食いできるわけでしょ。その場に相応《ふさわ》しい格好して行ったほうが楽しいと思うよ」

よく言った米岡。と悦子は再度思った。羨ましくないと言ったのは嘘で、本当は腸捻転を起こしそうなくらい羨ましかった。ページュはオープンしたとき『Lassy』に載り、それ以来悦子がずっと行きたいと願っていたレストランだ。できればシャネルのお洋服を纏《まと》って行きたいけれどそんなお金はあるはずもなく、せめていつか靴か鞄を買う日にシャネルのショッパーを手にあの席に座るのだと夢見ていた。悦子にとってはそれくらい特別なのに、よりによって店の名前を間違えるほど何も知らない藤岩が、三百社落ちつづけてる就活生みたいな格好で自分の夢の店に行くという。その事実に思わずカッとなった。

「でも私、服ってこれと寝間着のジャージと外着のジャージしか……」

「藤岩さんは貧乏なの？」

ドストレートな米岡の問いに、幾分か怒りが収まるが、

「オシャレをするとバカになるって、お父さんとお母さんからずっと言われてて……」

という消え入りそうな藤岩の声がまたもや悦子の怒りのツボを突き、思わず藤岩の腕を摑み、校閲部から引きずり出していた。

「やだ、離してよ！」

「バカじゃないの？　なんのためのファッションよ、あんた自分が結婚するときも両親の言いつけ守ってそのダサいスーツ着るの？　ウェディングドレスなんてその理論で言えばバカの極みだもんね、肩もデコルテも丸出しで頭に花だのリボンだの付けて、スカートなんて引きずるような長さでスパンコール付いてたりするものね。そんなの着たら一気にバカになるわよね。ていうかバカはそっちよ、あんたも親も！」

腕を摑んだまま悦子はヒールの音を響かせて階段を下り、C.C編集部の入っている女性誌編集部へと向かった。

「すみません森尾いますか!?」

入り口で叫ぶと、資料に埋もれたジャングルのようなデスクから森尾が顔を覗かせ

る。軽くお辞儀をしてから中に入り、悦子は藤岩の腕を引っ張ったまま森尾の席まで行った。

「え？　藤岩さん？　なんで？」

黒ぐろとクマをこさえた目を丸くして、森尾は悦子と藤岩を交互に見る。顔色も悪く今にも死にそうに見えた。お疲れさま。

「この人今日、銀座のベージュ行くんだって、この格好で！」

「え？　マジ？　ナメてんの？」

「服と靴、貸してあげて。なんかどっかからレンタルしてきてるのあるでしょ」

「あー、レンタルはないけど、ちょうど昨日の撮影で買い取った服がいっぱいある」

森尾はよろよろと立ちあがり、壁際に並んでいるロッカーへ向かった。そして扉を開けると紙袋が転がり出てきた。更に紙袋の中から色とりどりの服がはみ出して床に散らばる。悦子はその中からシンプルな黒のワンピースを取りあげ、恐怖に顔を強張《こわば》らせている藤岩の身体にあてた。前から見るとシンプルだが、バックリボンで背中のV字カッティングが美しかった。これでいいだろう。

「藤岩さん、足何センチ？」

森尾はロッカーの上のほうから靴の箱を取り出しながら問う。

「二十三センチ……」

「あ、同じだ。良かった」

箱を開けた中身はシンプルなスクエアトゥのエナメルの黒いパンプスだが、八センチくらいのヒールが艶消し加工を施された金色の猫足になっていて、悦子は思わず悲鳴に似た声をあげた。

「なにこれ可愛い！　売って！　私も二十三センチだから！」

「あ、じゃあ藤岩さん使い終わったら悦子に渡しておいて」

「え、でも森尾さんのじゃ」

「買って試着したら満足しちゃったから」

思わぬ戦利品に悦子はガッツポーズをし、その横で森尾は「あたし今超忙しいからあとは今井ちゃんに頼んで」と言って席に戻ろうとする。

「あ、ありがとうございます」

追いかけるような藤岩の意外な言葉に、死にそうな顔をしていた森尾は、ちょっとだけ生気を取り戻し菩薩《ぼさつ》の顔で微笑んだ。

えーマジありえないんですけど。なにこのバサバサの髪、ちゃんと手入れしてんですか？　乾かさないで寝てるでしょ。自然乾燥のほうが髪の毛に良いってあれはドライヤーを使うと不良になると思ってる年代の大人が考えた嘘ですからね。ちゃんと熱を当てて頭皮まで乾かさないとフケかゆみの原因になるし艶も出ないんですよ。しかもなにこの肌。すっぴんがポリシーなら反対はしませんけど、それならせめて毛穴や産毛の手入れくらいちゃんとしたらどうなんです？　ありのままの自分を好きになってくれる男なんていないんですからね。もしいたとしてもそういう人は平気で目の前でおならとかするんですよ。で、ブクブク太って汚い中年になるんですよ。ありのままのおまえを受け入れるんだからおまえも俺のありのままを受け入れろとか言って。あーやだやだ吐き気がする。ていうかー、一緒に暮らしてる彼氏が最近太り始めたんですよー。見た目と資産にしか価値がない男なのに太ったらおまえ無価値だろ自覚しろよって、どうやったらオブラートに包んで優しく伝えられますかねー。

一階の従業員トイレでひっきりなしに暴言を吐きながら、今井は二本のコテを駆使してものの十分で髪の毛を巻き、アメピンとUピンを魔法のように打ち、藤岩の髪をハーフアップに結いあげた。更に五分で化粧を終え、彼女は鏡の中に映る藤岩の姿に満足げに鼻を鳴らした。

「太ってもお金あるなら良いんじゃないの？」

「は？　うちの実家のほうが金持ちですから」

「前から疑問だったんだけど、今井ちゃんどうして働いてんの？」

「伯父様が、社会勉強のために少しは働いておけって」

伯父様というのは専務だ。蠟《ろう》人形のように固まったままの藤岩は鏡の中をじっと覗き込んで一言、「恥ずかしい」と言った。

「そんなの一時間もしたら慣れるし。良いなーベージュ。最近行ってないや。アルマーニにもレストランあるけど、やっぱりベージュのほうが私は料理も内装も好きだなー」

化粧道具をロッカーに片付けながら今井はサラリと言い、悦子の腹の中は嫉妬に燃える。いつか私だって自分の稼いだ金で行くんだからな、今に見ておれ小娘が。

コテを冷ましながらコードを巻きつけていたら、藤岩がこちらを向き言った。

「……私、お化粧したのも髪の毛を巻いたのも初めてです」

「え？　成人式は？」

「短期留学していて」

「七五三は？」

「家が貧乏で、着物を着せてもらえなかったんです」

思わず悦子も今井も言葉を失い顔を見合わせた。沈黙の中、藤岩は再び鏡を覗き込み、自分に言い聞かせるように言葉をつづける。

「勉強しかしてこなくて。……でも、こういう世界もあるんですね」

「いや、ていうかウチってだいたいこっち側だと思うんだけど。主力商品は女性誌だし、女性社員見てても判るでしょう」

「だから、入社するかどうかすごく悩みました。就職浪人してもう一度燐朝社と冬虫夏草社を受けなおそうかって。でも国立って言っても留年すれば学費はかかるし、景凡社ならいちど真理恵様が御本を執筆なさってるし、いつかお原稿をいただけるかもしれないって、それだけのために入社したんです」

藤岩は中学生のときからずっと欠かさず四条真理恵にファンレターを書きつづけていた。百通以上書きつづけた中で、ただ一度だけ返事が来たそうだ。いつか必ず文芸編集者になるから、そのときは自分に担当をさせてください、と高校一年生のときに送った手紙に、「待ってます」と一言だけ書かれた葉書が届いた。その一言を支えに藤岩は猛勉強して東大に入学し文学部へ進んだ。卒業後、彼女が景凡社に入社したことを手紙で知った四条真理恵は、わざわざ編集部に担当替えの要請をしてくれたのだという。しかも彼女は藤岩に渡すための原稿を、彼女が入社する前から既に書き始めていた。それが今米岡の校閲している原稿だそうだ。

「……なるほどなー、私も学生のときから Lassy 編集部に手紙を出しておけばよかったのかー」

「ちょっと、良い話なのに台無しなんですけど！」

目頭を少しだけ赤くした今井が容赦なく悦子の肩をどつく。自分でテッパンとか言って蔑《さげす》んでおきながらちょっと良い話で感動しちゃうあたり、本当は性根の優しいお嬢様なのだろうなと思う。そして藤岩の文芸、というよりも四条真理恵に対する情熱は、自分のファッション誌への情熱に似ているとも思った。けれど、違う。彼女は夢を叶えた。悦子は今、ファッション誌ではなく校閲部にいる。

恥ずかしがる藤岩を文芸編集部に送り届け、どよめく男性編集者たちを見届けたあと、悦子はひと仕事終えた爽快感（実際の仕事は何ひとつ終わってないけど）と自分の所属している部署の仕事へのもどかしさを感じながら、外のコーヒーショップへ飲み物を買いに出た。レジには男がひとり並んでいる。キャラメルマキアートを注文し、赤いランプの下で商品が出てくるのを待っている男の姿に、悦子の目は釘づけになった。

なんてドストライクな顔！　しかも服装も完璧！　唯一の難点は毛髪がアフロなの

だが、アフロという強烈なインパクトが霞《かす》んで消えるほど顔がかっこいい。そして服装が力を入れすぎておらず、かといって抜きすぎてもなく、雑誌のキャッチコピーで表すなら「魅せる男は的を狙わずとも外さない」といった感じだった。

なんとなく同じものを注文し、男と入れ替わりに赤いランプの下に立つ。去り際に彼は悦子のほうをちらりと見た。刹那《せつな》背中に電流のようなものが走り、あ、これは恋だ、と確信した。

「ねえ、あのお客さんよく来る？」

カウンターの向こうでミルクを注いでいる青年に悦子は身を乗り出して尋ねる。

「いや、僕は今日初めて見ましたけど、アフロが来たら普通忘れませんし」

だめだ、店に通っても会えない。飲み物を受け取り足取り重く社屋へ戻る。しかし入り口の自動ドアが開いたと同時に、つい三分ほど前恋に落ちたばかりのアフロのうしろ姿がエレベーターホールへと消えていったのが見えた。えっ、と思わず声が出た。駆け寄っていっても扉の向こうのエレベーターホールには、もうその姿はなかった。

「今井ちゃん、今のアフロってウチの社員⁉」

受付カウンターに戻っていた今井に悦子は尋ねる。

「えー、違いますよ、入館証貸し出しましたから」

「誰なのあれ、マジかっこいいんですけど」

そうですかー？　と眉を顰《ひそ》めながら今井は入館申請カードの挟まれたファイルを開く。

「え、なにこれ読めない。……『ぜえいぜえ』？」

答えを待つ間ももどかしく今井の手からファイルを奪い取り、記された名前を見た瞬間、悦子は驚愕のあまりファイルを取り落とした。

「最悪！　私だけめちゃくちゃ浮いたじゃないですか！　真理恵様は『とっても可愛いわ』って褒めてくださったけど！　こんな浮かれた格好してる人、編集者にはひとりもいませんでしたよ！　あなたの言うことなんか信じた私がバカだったわ！」

夜の十時、米岡に付き合わされて四条真理恵の受賞結果を待っていて、電話を取ったら藤岩のキンキンした声が耳に突き刺さった。受話器を米岡に渡し、悦子は頰杖《ほおづえ》をついて再びゲラを見つめる。

——こんな文章を書く人の頭ってどうなってるんだろうか。

いつだか疑問に思ったその答えが出た。アフロだった。

——あの超絶かっこいいアフロが、リニアモーター牛とか書いてる、是永是之。

「真理恵様に褒めてもらえたなら良かったじゃない、で、結果は？」

――あの超絶かっこいいアフロが、クールに振る舞うムール貝とか書いてる、是永是之。

「……ッギャーーー!!」

薄暗い校閲部の部屋の中、米岡は追いはぎにでもあったのかと思うような声で叫び、うしろの机を破壊する勢いで椅子を弾き飛ばし立ちあがった。そして受話器を手にしたまま床に蹲《うずくま》った。

「……じゃあ、今のわたしたちの仕事が、受賞後一作目になるってことね……うん……最高の本にしてね藤岩さん……わたしも関れて幸せ……うん、うん、任せて」

そっか、受賞したのか、と他人事《ひとごと》のように、というよりもまさしく他人事なのだが、その事実をぼんやりと把握し、悦子はゲラを抽斗《ひきだし》に仕舞い、帰るために立ちあがる。

「良かったね」

受話器を戻した米岡に声をかけると、彼は目の縁《ふち》を指先で拭いながら「ありがと」と答える。

「悔しくない？　自分も編集者だったら四条先生と同じ場にいられて、リアルタイムに喜びを分かち合えたのにとか思わない？」

「わたしは、ただのファンでいたいの。だから今の仕事で満足してるよ」

「そっか」

近づきたくても、どれだけ愛しくても、校閲者は「原稿」に過度の愛情を注いではならない。その「原稿」の生みの親に対しても、人格を露《あらわ》にしてはならない。対象を正しい形へ整えてゆく作業をするだけだ。ならばどうやって校閲者は作家に近づけばいいのか。文芸編集者になる気もないし、そもそも悦子の読書量では、なれない。

「珍しいね、そんなこと訊くの」

「うん、どうしても会いたい、ていうか近づきたい作家ができたの」

「えっ、誰⁉」

「是永是之」

「マージーでー⁉　その原稿そんなに面白いの⁉」

人によっては面白いと思う。が、イケメンだと教えると米岡に食いつかれそうなので悦子は答えず鞄を手に取り、「お疲れさま」と手を振った。それ以上食い下がることなく手を振り返した米岡は、まだ当分ここで余韻に浸るだろう。

社屋を出ると肌寒さが頬を突いた。今年が終わる前に恋ができた。その薔薇色の事実に悦子は顔を綻《ほころ》ばせ、足取り軽く駅へと向かった。今日はいつもより百円高いプリンを買って帰ろう。

第三話

校閲ガールと
ファッショニスタと
アフロ

悦子の研修メモ その3

【ルビ】ふりがな。語源は宝石のルビー。かわいい！

ルビは「振る」「組む」もの。ルビを付けられる文字（親文字と呼ぶ）の半分のサイズが普通。

振り方↓すべての漢字に振る場合は「総ルビ」、難しい漢字だけに振る場合は「パラルビ」と呼ぶ。

組み方↓漢字の連なるひとつの単語などに対してひとまとめ（等間隔）に組む場合は「グループルビ」、ひと漢字ずつそれぞれ組む場合は「モノルビ」と呼ぶ。

作家によって文章の癖は様々だ。句読点を入れない主義の人、逆に句読点だらけの人。やたらめったら漢字が多い人、逆にひらがなばかりを愛用する人。

通常、景凡社内では校閲指示書が存在し、編集者からの指示（作家の癖についての記述）が入る。しかし、まともに引継ぎができない編集者もいる。貝塚である。

「だから私のせいじゃないって言ってんじゃんよ！　あんたが指示書に書かないからでしょうが！　私はうちのルールどおりに鉛筆入れて開《ひら》いただけなんですけど⁉」

「空気くらい読めよこのゆとりが！　なんだこの『漢字が多すぎて読みにくいがOK？』って！　ざっくりすぎんだろ！」

「だってほんとに読めないし、ゆとりの私だって一般読者の読解レベルがどれくらいか程度は判るっつうの、私が一般読者だからな！　それに何度も言ってるけど、こっちのゲラ恥じらいもなくノーチェックで作家にスローインすんのやめてくんない？　迷惑なんですけど！」

「俺はおまえと違って先生たちの接待つづきで忙しいんだよ！　毎日二日酔いだし！」

「知るかボケ！　こっちは毎日コンビニ飯食って細々《ほそぼそ》と生きてんだよ！」

「それこそ知ったこっちゃねえよ、おまえは服ばっか買ってるから貧乏なだけだろうが！」

「オシャレは私の生きがいなんですー」

「校閲のくせになー、ファッション誌でもないのになー、あー可哀想でちゅねー」

「うるせえマジ往生しろ茶毘《だび》に付されろこの野郎！　そんで解脱《げだつ》できずに三悪道《さんなくどう》ばっかし永遠に輪廻《りんね》するがいいわこの下品下生《げぼんげしょう》が！」

こう-えつ【校閲】カウ『名・他サ変』原稿・印刷物などの不備や誤りを調べ正すこと。「文書を―する」

『明鏡国語辞典』より

ちなみに「鉛筆入れて開いただけ」の「開く」とはこの場では、漢字をひらがなに変えることである。ワンセンテンスに漢字が連続しすぎる場合、もしくは難読な場合、校閲者にもよるが「開」く提案をすることが多い。

貝塚の担当している漢字だらけのページ真っ黒なネオ仏教小説（帝釈天と梵天と阿修羅の三角関係を描いた恋愛小説。どこの僧、じゃなくて層を狙っているのかまったくもって判らない）が午前中に一段落し外校《そとこう》へ出せたため、ひとり焼き肉食べ放題で腹を満たし幾分か怒りを収めた悦子のもとには、新たな案件がやってきた。

「……キタコレーーー!!」

綿密な校閲指示書の添付された比較的薄いゲラを受け取り、題名と著者名を見た瞬間、思わず頭のてっぺんのあたりから声が跳ね出た。と同時に貝塚との怒りのやりとりが一気に雲散霧消した。

「どうしたの？」

「これ……『Lassy』で連載してたファッションエッセーだよ……ついに単行本化来たよ……登紀子《ときこ》様！」

怪訝な顔をした米岡に向かって悦子は震える声で答える。ＯＬ雑誌『Lassy』の編集者になりたくて景凡社に入社した悦子は、もちろん同誌の愛読者で、八年前に連載開始となったこのエッセーを初回から読んでいた。内容もほぼすべて憶えている。

「……わたしがやろうか?」

米岡が眉間に皺《しわ》を寄せて悦子に尋ねた。

「なんで?」

「前に真理恵様のお原稿のとき、河野っちが言ったじゃない、好きなものは正確に校閲できないからって」

「いや、私がやる」

悦子の返事に、珍しく米岡は意地悪く笑った。

「ね、そうなるでしょ。あんときのわたしの気持ち、判ったでしょ」

そんなふうにはならないもんね、と思いながらそっぽを向き、悦子は再び指示書に目を落とした。見たことのない編集者の名前が記されていて、その下に社名らしきものがあった。あ、これ社内じゃなくて編プロ経由か。だからこんなに丁寧に指示書が書かれているのか、と納得し、改めて震える思いでページを捲《めく》る。実際、文字を追い始めたとたん、懐かしさに目頭が熱くなり、一瞬背筋が震えた。

八年前、悦子は北関東の公立高校に通う女子高生だった。恐ろしいことにその町にはまだ、頭をリーゼントに整えボンタンを穿《は》いた不良男子高校生と、赤い口紅を塗ってハイヒールを履いた、スカートの長い不良女子高校生が存在した。卒業後に彼らの面倒を見るパンチパーマに刺青《いれずみ》の人たちもいた。そういう人たちが駅前の喫茶店で煙草を吸って競馬新聞を読んでいるような町の、比較的大きなスーパーマーケットの娘として悦子は生まれた。

通学電車は三両しかなく、底辺、普通、進学校のみっつの高校の学生と通勤するサラリーマンがだいたい同じ時間に乗り合わせる。降車ボタンを押さないとドアが開かないタイプの電車の中で三年間ずっと、東京へ行くことだけを考えていた。

高校の駅から二駅下ると市の図書館があり、そこには雑誌類も収蔵されていた。小学生のときは中学生向けの雑誌（SisTeen）を、中学生のときは高校生向けの雑誌（E.L.Teen）を、高校生のときは大学生向けの雑誌（C.C）を、大学生のときはOL向け雑誌（Lassy）を買っていたが、実際悦子は図書館で二世代上の雑誌のチェックもしていた。従って、高校一年生のときから悦子は『Lassy』を図書館で読んでいた。

東京の洗練されたOLたちが、流行の最先端のお洋服を一ヶ月間上手に着まわし、宝石箱みたいに可愛いお化粧品でメイクをし、とっておきのワンピースを着ている日はイタリア製のコンバーチブルで会社の前まで迎えに来てくれるかっこいい恋人とデートをし、ときにはラフなデニムスタイルで女友達とB級グルメを食べ（この雑誌に載ってるとカレー南蛮うどんさえもエスニック風タリアテッレに見える）、夜景の綺麗なワインバーで秘密の恋の話をしている最中に危険な匂いのするイケメンにナンパされたりする。『Lassy』は高校生の悦子にとって手の届かない夢そのものだった。

巻頭にはセレブ御用達ブランド「Toxxy」代表のフロイライン登紀子によるファッションエッセー「淑女の羅針盤」。ファッション、というよりもエレガントでキュートな淑女になるための教科書的なエッセーで、小粋な恋の話、服の話、フロイライン登紀子が第二の住居を構えるパリの話など、毎回千文字強の短い文章にこれでもかというほどの夢が詰まっていた。なお第二の住居がパリなのに「フロイライン」なのは、登紀子がドイツ人とのクォーターだからだ。残念ながら悦子が入社すると同時にこの連載は終了し、今は最近名の売れ始めたスタイリストが同じページに連載を持っている。

二〇〇ページと少し、二時間程度。米岡の懸念どおり、悦子はそのゲラを「読んで」しまった。すべて憶えていた。載っていた号の特集記事とカバーモデルの顔も憶えている。『Lassy』を卒業したモデルたちは今、その上位雑誌である『Every』や更に上の雑誌で顔を見るが、悦子にとっては永遠に『Lassy』モデルだった。

様々な思いに溜息をつき、ゲラをクリップで留める。と同時に米岡の声が隣から聞こえた。

「やっぱ読んじゃってるじゃん」

「うん……そうなるね……」

そもそも編集者の手が入り尽くしたゲラは、悦子の手を加える必要もないように思えた。ただ、読み終わったあとの悦子の心に、何故か満足感はなかった。

――ブリジット・バルドーのお話。

マキシムに、ジュエリーではなくキスマークをつけて食事をしにゆく女。

彼女はフランスの富裕層の娘でありながら、ショービジネスの世界に足を踏み入れ、セックスシンボルとして長らく映画界に君臨した女優です。日本の富裕層のお嬢さんたちには芸能界というのは縁のない世界でしょうが、イタリアのセレブリティ、カーラ・ブルーニは富豪の家庭に生まれた身であり、親族に貴族を持ちながらもモデルとしてデビューしその後は歌手に転向。その間には皆様もご存じ、ケビン・コスナーや、コンセルヴァトワール出身の美しい俳優との熱愛を報じられたにもかかわらず、近年になってサルコジ大統領の妻の座を得ました。ヨーロッパでは富裕層の娘が比較的躊躇いなく自身の美しさをパパラッチに晒すのです。

何故今回ブリジットの話をするのか、それは、そろそろToxxyでも今年の毛皮類の受注が始まるからです。

ブリジットは毛皮反対運動の第一人者です。動物愛護の観点からすれば、ラパンやラクーンの生皮を剝ぎ、コートやショールに仕立てる行為はとても残酷なことです。しかし、ファッションショーから毛皮が消えることを想像してみたとき、いかがでしょう。

嗚呼、そのランウェイはなんと寂しくみすぼらしいことか！

それに、今のところ毛皮に勝る防寒着はありません。ダウンジャケットもそれなりには暖かいけれど、パーティーに着て行けるエレガントなダウンジャケットを見つけるのは今の日本のマーケットでは至難の業。日本の冬は寒く厳しい。しかし日本の冬の室内は、半袖で過ごせるほどに暖房がきいています。カシミヤのセーターを着ていたら、デパートの中では汗をかいてしまった、なんて経験が、誰しもございますでしょう——

実家のスーパーマーケットは元々は酒屋で、運よく近隣に郊外型大型スーパーマーケットの進出がなくそこそこ繁盛していたため、悦子は今まで金銭的な貧困を経験していない。学費がバカ高い聖妻女子大学も、奨学金ではなく親の金で入学し卒業した。家賃は仕送りで賄《まかな》えたし、四年間、特にアルバイトもしなかった。

ただ、そういう大学生は、全大学生人口のうち何割くらいなのだろう、と、藤岩の話を聞いたあと初めて考えた。『淑女の羅針盤』初校ゲラを読んで改めて藤岩の言葉を思い出す。

——貧乏で、七五三に着物を着せてもらえなかった。

今まで校閲してきた小説の中に、もちろん貧困にあえぐ登場人物は出てきたし、夜になんとなく観ているテレビドラマにも誇張はあれど貧困層は出てくる。しかし現実に、身近にそういう人がいるという事実に、悦子は結構な衝撃を受けた。「貧乏」の二文字が人の心にもたらす破壊力にも驚いた。藤岩のようなタイプはおそらくフロイライン登紀子の名前すら知らないだろう。洋服のブランドの社長が文章を書くこと自体、彼女の頭にはないかもしれない。

一時的に景気が上向いているとはいえ、八年前より近い過去に不況は一度底をついた。どん底を経験している層が果たして、フロイライン登紀子の文章を喜んで読むだろうか。

「相変わらず全方位に失敬ですね河野さん」

「あんたは相変わらずダサいですね藤岩さん」

「お黙んなさい。そもそも校閲が読者ウケのことなんか考える必要ないんじゃないですか？」

「そうなんだけどさー」

「ていうか、自分とこ帰ってくれません？　邪魔なんですけど」

文芸編集部にある藤岩のデスクは隣が作業台になっている。見本とゲラで何棟ものタワーができている机の上は地震が来たら大変なことになるだろう。そして悦子が勝手に座っている椅子は既にサスペンションがきかず、キャスターが錆《さ》びついてて動かない。床のあちこちに積まれた段ボールが歩行者の動線を阻《はば》む仕様はどこの部署も同じで、建物は綺麗なのに中がこんな惨状だなんて入社する前は考えもしなかったなと、このビルを外から眺めていたころのことをちらりと思い出した。

「私はさー、あんたが真理恵様の本で育ったのと同じで、登紀子様と共に生きてきたのよ。登紀子様んとこの服は高くて買えないけど、登紀子様の教えを八年間信じて生きてきたのよ」

うまく説明できない自分がもどかしいが、東大卒なら言いたいことくらい察してくれるだろうという悦子の目論見《もくろみ》は外れ、藤岩はディスプレイに表示されたカバーデザインのPDFファイルに目を戻し、「はいはい」と流した。

「でもさー、改めてゲラにまとまったの読んでみたらさー、なんか、なんか違うんだよ、登紀子様」

「そういうのは私じゃなくて森尾さんに言えば？　そもそも私、その登紀子様とやらを知らないんですけど？」

「だって森尾いま死にかけの青鬼みたいになってるんだもん、校了で」

しかも森尾はファッション誌の編集のくせにアンチ登紀子派である。「Toxxy の服は質に対して値段が高すぎる、というのがその理由だ。そんなこと言ったら名の知れている海外ブランドはどう考えてもだいたい割に合わないのだが、森尾は頑《かたく》なにフロイライン登紀子だけを目の敵《かたき》にする。あれは宗教である、と。

「ねー、どうすればよりたくさんの人に読んでもらえると思う？　どうすればよりたくさんの人にフロイライン登紀子を好きになってもらえると思う？」

「営業に頼めば？　ていうか本当に邪魔だから、お願いだから帰ってくれる？」

とりつくしまもなく、今度こそ悦子は藤岩に追い払われた。

悦子がまず抱いた違和感は、いわゆる同時代性のなさである。八年前と今は違うと言えばそれまでだが、つい二年前まで連載されていたものだ。

千文字強の短い文章に凝縮された夢。多くの人は夢を現実にするために努力する。ただ、現実にできない人のほうが遥かに多い。現に悦子が「『Lassy』の編集者になるために景凡社に入社したのに何故か校閲部に配属」された、夢を現実にできなかった者のひとりである。

ゲラをコピーして家に持ち帰り、ちゃぶ台の上で悦子はそれを弁当と共に広げた。その途端、階下から「えっちゃーん」と呼ぶ声が聞こえてきた。狭くて急な階段を下りると、不動産屋の加奈子《かなこ》が普通に玄関を開けて、下足場で靴を脱いでいるところだった。

「あのさあ、管理はお宅かもしれないけど、一応私が契約してる物件なんだから普通に鍵開けて入ってくんのやめてくんない？」

悦子が現在住んでいるのは、東京の東側に位置する、とある商店街の一角、一階が鯛焼き屋の店舗になっているとんでもなく古くて狭い戸建てである。娘が海外に移住し、オーナー夫妻は宝くじを当てたのをきっかけに店を畳み、今は信州のほうでのんびり暮らしているらしい。都内の戸建てとしては破格の家賃で出ていたため迷わず借りたのだが、この加奈子が気まぐれに一階の店舗で鯛焼き屋を営業するという条件が付いている、ある意味「いわく付き物件」だった。

「えー？　家主さんからお菓子もらったから分けてあげようと思ったのに。パステルのプリンだよ？　ひとり三個までだよ？」

「すみませんいただきます」

加奈子を家にあげ、お茶を淹《い》れて一階の古い食卓で向かい合ってプリンの蓋を剝《む》いた。

「ねえねえ、その後、アフロには会えたの？」

「会えないねえ」

ふたつ年下の加奈子は電車で二駅のところにある短大を卒業後、住居と同じ町内（商店街）にある不動産屋に勤めており、日常生活に事件がまるでないらしく、よく悦子の話を聞きたがる。元々ここに住んでいた娘に似ているという理由もあり、無駄に懐《なつ》かれていた。

「ここの家に住む人はアフロと付き合う運命にあるから、きっと付き合えるよ」

「え、ここの娘、アフロと付き合ってたの？」

「うん、ナチュラルアフロのガイジン力士だったよ」

またものすごく珍しいケースだ。そしてまったくそのジンクスはあてにならないだろう。

アフロ談義をしながらプリンをひとつ食べたあと、二階から食べかけの弁当を持ってきて箸を運び始めると加奈子はみっつ目のプリンの蓋を開け、「今はどんな本のお仕事してるの？」と尋ねた。

「フロイライン登紀子のエッセー集」

「え？　お笑い芸人の人の本？」

悦子は予想外の返答に愕然《がくぜん》とし、三秒くらい言葉を失った。

「……加奈ちゃん知らない？　Toxxy のデザイナーというか、オーナーの」

「トキシー？　って何？　ブランド？　聞いたことないよ」

加奈子に理解と知識を求めたことが間違っていた。彼女はサリー・スコットとミナを愛し、その系列とも言えるバルコニーやファーファー（ミナよりお求めやすいお値段）で服を買っているタイプの「ガーリー」だった。悦子がフロイライン登紀子の人となりを説明しても、加奈子はまったく興味を示さず、聞き終えたあと発した言葉にまた悦子は愕然とする。

「なんかー、バブルって感じ！」

二歳しか離れてないのに、なんなのこの感覚の違い!! クラクラしながらも悦子は反論する。

「バブルじゃないよ、二年前まで連載してたやつだし、私は高校生のころから愛読してたの」

「ふーん、そっかー」

興味なさげにプリンを食べ終え、加奈子はみっつのカップを流しに運び、水で流してプラごみのビニール袋に放り込んだ。既視感、という言葉を思い出す。これは米岡から真理恵様の話を聞いたときとまさに同じ状況だ。ごめん米岡。そのあと加奈子は三十分くらい滞在し、アフロと何か進展があったら報告するように、と釘をさしてから家に帰った。あれ以来会えてもいないのに進展もくそもないっつうの。


しかしながら、なんの予言かと思うようなタイミングで悦子はその週の金曜日、あのコーヒーショップで是永に再会した。フロイライン登紀子のゲラの進みが芳《かんば》しくなく、残業すると決めて疲れきった状態で店に赴《おもむ》き、目の前にキャラメルマキアートを頼んでいるオシャレなアフロがいるなあ、と瞬きを数回したあと、それが是永だと気づき心臓が跳ねあがった。

注文の順番が来ても悦子は動けず、店員に促されてようやくソイラテを注文する。会計をしているあいだも目で追って是永の動向を見守った。彼はドリンクを受け取ったあと、前回とは違い店を出ず、店内の席に座った。

ラッキーなことに混み合った店内で空いている席が是永の隣のソファ席だけ、という状況で、悦子は飲み物を受け取ったあと光の速さでその席に陣取った。そしてちらちらと横顔を窺《うかが》った。手入れされていないであろう眉はそのままでも形良く、控えめな奥二重の先にある鼻はほどよく高くて尖っている。ドリンクの飲み口にあたる唇は柔かく潰れ、唇を拭う指先は細かった。

ああ、なんというイケメン。イケメンは全人類の財宝として世界遺産に登録するべきだ。ちらちら窺っていたはずがガン見になっていたことに気づかないでいたら、是永がこちらを見た。目を逸《そ》らすよりも前に、何故か彼は悦子に軽く会釈をした。一瞬彼の視線が胸元のほうに下がったのを見逃さなかった。悦子は首に景凡社の社員IDをぶら下げていた。

「……お世話になってます」

悦子が話しかけるよりも前に是永がそう言って軽く笑顔を見せた。神様！　社員IDの神様ありがとう!!　唾を飲み込み、意を決して悦子も口を開いた。

「是永是之さん……ですよね？」

「えっ？」

「えっ？」

まさか、違うのか？　冷や汗が脇の下からふきだしたのと同時に、「あ、はいそうです」と是永は恥ずかしそうに答えた。

「文芸編集部の方ですか？」

「いえ、えっと……あの、先日の『犬っぽいっすね』の校閲を担当させていただきました」

果たして信じてもらえるのだろうか、怪しくなかっただろうか、という懸念を余所《よそ》に、

「えっ、ほんとですか⁉　ありがとうございます！」

と是永は嬉しそうに頭を下げた。ああ、なんて美しい笑顔だろう。しかし笑顔とは裏腹に禁忌を犯したような気がして、悦子の心の中には暗雲が広がる。校閲は本来作家の前に顔を出してはならない。禁止されているわけではないが、それが半ば常識になっている。その掟《おきて》を今、自分は破ってしまったという事実に対する罪悪感。しかしながら、

「自分、見落としが多くて。そもそも国語を勉強して作家になったわけではないので、ときどき日本語もおかしいらしくて、校閲さんにはいつも助けていただいてます、本当にありがとうございます」

という嬉しすぎる感謝の言葉に、悦子の心に広がったはずの暗雲っぽい何かはエアダスターを噴射されたかのごとく飛散した。校閲部に配属されて良かった、と入社以来初めて思った。

その後、五分くらい会話をしたのだが何を話したのか憶えていない。というのも、米岡から戻るよう電話がかかってきて悦子が店を出ようとしたら、是永に呼び止められ、財布の中から何かを出され手渡されたのだ。なにこの映画みたいな急展開！　なんだか判らず悦子はそれを受け取る。

「あの、自分、ちょっとだけど出てるんで、もしご興味あったら観に来てください、これチケットです」

Yes, I love tickets!

それは東京ＢＯＹＳコレクションのチケットだった。

——仕事になんか!!　なりゃしねえわ!!

そりゃ覆面作家のはずだ。プロフィールも公開されてないはずだ。ものすごい勢いで過去のＴＢＣ（エステではなく東京ＢＯＹＳコレクション）の画像を検索し、是永のスナップを二枚ほど見つけ、納得した。本業はモデルだったのだ。イケメンで当然だろう。

まだ社内に残っている森尾に画像データを添付したメールを送り、見たことあるかと尋ねた。十分後くらいに、ＵＲＬが一行記されたのみのメールが返ってきた。開くとそれはモデル事務所のサイトで、十人程度の所属モデル一覧の一番下に小さく是永の顔のサムネイルがあった。リンクを開く。身長体重と年齢（25）のほかは何も記載されていないが、名前は「幸人－YUKITO」とあった。検索バーに「幸人　モデル　アフロ」の文字を打ち込み、再度画像検索する。雑誌にもコレクションにもほとんど出ていないらしく、事務所の宣材になっている画像とさっきのコレクションスナップ以外は、様々なアフロの写真が誤検索で表示されただけだった。あらゆるＳＮＳで「是永是之」および「幸人」の名で検索してもみたが、本人はおろかbotすら存在しなかった。情報の少なさに焦《じ》れる。

もっと話をすれば良かった。連絡先を聞いておけば良かった。文芸編集部には作家の連絡先ＤＢ《データベース》があるが、校閲部のＰＣから検索することはできない（試した）。おそらく藤岩も協力はしてくれまい。金曜の夜、結局ゲラの校閲作業もできず、夜の十時まで興奮さめやらず悦子はひとり、校閲部に残っていた。気づけば部屋は節電で薄暗くなっていた。

翌日は土曜日だったので美容院とネイルサロンに急遽駆け込み、物理的に頭のてっぺんから爪の先までピカピカにしてもらい、翌日のショーに備えた。最後に彼氏がいたのは高校三年生のときだ。大学では合コン三昧《ざんまい》の日々ではあったものの、好きになれる男には出会えず、何よりも男のほうが悦子の「完璧すぎる見た目（服飾的に）」に引いて近づいてこなかった。

えてして男というのは、ちょっとダサくて抜けている女を好むものだ。化粧が下手で髪の手入れもあまりしてなくて、聖妻女子大という環境柄、服はおそらく良いものを着ているのだろうがなんだか垢抜けてなくて、極めつけに無駄毛の処理が甘い。そんな女がカシオレを飲みながら「好みのタイプはー、優しい人ー？」とか言って解散後に持ち帰られている現場を何度も見てきた。

無駄毛は！　いいのかい⁉　気にしないのかい⁉

そこだけがいつも気になっていた。ということは悦子自身が合コンにあまり重点を置いていなかったのだろうが、それもこれも是永に出会うためだったのだと思えば、声をかけてこなかった男たちに今は感謝さえ感じた。

ファッション関係者にナメられないよう、かと言って「やだあの子気合入りすぎ(笑)」と思われないよう、何着もの洋服を床に並べ、吟味した。二時間かけて大きめビジューの鏤《ちりば》められたグレースウェットに、程よくヒゲの入ったダメージも弱いゆるめボーイフレンドデニム、足元はスエード×エナメル異素材ミックスのポインテッドトゥピンヒールをセレクトし、その上に買ったばかりのチェスターコートを羽織り、何度も鏡の前で確認した。鞄はレオパードハラコと茶カーフのトート。帽子をかぶったほうが良いかどうか迷ったが、せっかくトリートメントをしたばかりで天使の輪もできていることだし、頭物はつけないことにする。

よし。完璧だ。可愛すぎて我ながらびっくりだ。

狭い風呂に入りオイルパックを施し、一時間かけてスキンケアをしたあと、悦子はいつもどおり眠りについた。

ゆりかもめを降りて寒風吹きすさぶ中、会場の有明コロシアムへ向かっていたらなんだか見たことある顔を見つけてしまい、目を逸らそうとしたらそれよりも先に声をかけられた。

「河野っちー！　やだそのスウェット超可愛いー！　どこで買ったのー？」

「……バーニーズ銀座……」

隣に駆け寄ってきた米岡の装いも完璧だった。薄っぺらい身体に淡いペイズリーのVネックTシャツがよく似合っていて、細身のダメージデニムに足元はワークブーツ、普通なら革のライダースなんかを合わせがちのコーディネートにあえて燕尾《えんび》風のメルトンコートを羽織っており、なんか負けた気持ちになって悔しい。

「あんた、来るなら来るで先に教えてよ」

「えー、そっちこそ、河野っちが来るとは思わなかったよ、だってメンズのショーだよ？　興味あるの？」

「是永是之がモデルで出てるの……」

「え？……え!?　どういうこと!?」

一秒遅れてものすごい食いつきを見せ腕を摑んできた米岡に、悦子は一昨日《おととい》のできごとを説明した。

「なにそれ！　気になるとは言ってたけど、かっこいいなんて言わなかったじゃない！　そもそも小説が気になるんじゃなくて本人のことが気になるなんて言わなかったじゃない！　ランウェイ出たらどの人かちゃんと教えてよね！」

「見ればぜったい判る、アフロだから」

会場入り口でチケットを渡し、座席票と引き換える。悦子はモデルからもらったものの、米岡は懇意にしている参加ブランドのデザイナーからもらったもの、どちらも関係者チケットだったため、比較的前のほうのブロックの座席に引き換えられた。隣り合って座り、あたりを見渡す。前方の一部はカメラマン席で、ロイヤルボックスは潰されており、しかしそれ以外の座席はほぼ満席だった。しかも約半分は女の子だった。

「TGCが埋まるのは判るけど、メンズでもこんなに客来るんだね」

「若手俳優とかがモデルで出るから、そこのファンクラブ枠の席が多いんだよ」

「そうなんだ」

悦子と米岡の近くはほぼ全員が雑誌関係と思われる、出版社の紙袋を持っている男女が多い。米岡も悦子も装いは完璧なのでおそらく同類に思われるだろうが、実際はファッション誌とは縁遠い文芸書校閲で、立場を思い出すと非常に居心地が悪かった。

開演ギリギリに入場したため、会場はすぐに暗くなった。流れていた音楽が大きくなり、レーザー演出とともに前方スクリーンにTBCの文字と映像が点滅する。アイドルのコンサートかよ、と思うような女子たちの叫び声があがり、しかし自分も洋服ではなくモデル目当てで来てるんだよな、と思うと舌打ちもできなかった。

時期的に、ショーに出る服飾品は春夏物になる。スクリーンに映し出されるブランドロゴは春めいた色遣いに彩られ、MCの紹介と共に現れるモデルたちの纏《まと》う服も、外の気温を思うとだいぶ寒そうだった。

「あっ、あれ可愛い！」

隣では米岡が何度もその言葉を発し、手元の小さな手帳に番号を書きとめていた。ファッション関係者か、と苦笑いしつつも自分も便乗し、プレスになった気持ちで服を眺めていた。知っているブランドも知らないブランドも、どの服もまだ見たことのないデザインで、可愛くて、これから年を越して春が来たらこれを着た男子たちが現れるのかと考えると楽しい。やがて一際《ひときわ》シルエットの大きな頭を持つモデルが、完璧な足捌《さば》きと共に白いランウェイを歩いてきた。堂々としたその姿に悦子の心臓は跳ねあがる。肘《ひじ》で隣をつつき、「あの人」と伝えると、米岡はポーズを取る是永を凝視したあと口元を押さえて言った。

「やだちょっと、マジでかっこいいじゃないの、あれがほんとに作家なの？」

「黙って。隠してるみたいだから」

是永のあとに出てきたモデルは若手俳優だったらしく、会場の一角からものすごい悲鳴があがった。彼は是永と違い、笑顔でそちらに手を振り、こちら側の関係者の一角にも手を振り、まるで自分の舞台か何かのように振る舞ってランウェイをあとにした。

「……あれはダメだよねえ」

「……うん」

お洋服を見せるためのショーなのに、着ている人のほうが目立っていた。それを言うなら是永も頭のほうが目立っていたけれど、彼が何を着ていたのかははっきり思い出せる。

約一時間半ほどのショーの中で是永は四回登場した。検索で見つかった昨年の二回に比べればはっきりとした進歩なのだが、一昨日話した中ではなんとなく、是永はモデルよりも作家としての成功のほうを願っているように思えた。ここにもまた、願った場所へ行けない人がいた。

新橋で米岡と軽く飲んでから帰り、翌日は普通に出社したのだが、席に座ってゲラを前にしても、夢見心地から抜け出せなかった。

というのも、ショーが終わったあと米岡から「是永を間近で見たい」とせがまれ、ダメモトで係員に「モデルの幸人から招待を受けたのですが、ご挨拶できませんか」

と声をかけ景凡社の社員証を見せたら、バックステージパスを渡されたのだ。米岡はグレーゾーンの特性かファッション関係者にしか見えず、ふたりともまったく疑われることなく「関係者以外立ち入り禁止」区画に通された。

さっきまで繰り広げられていたショーのキラキラ感とはうって変わって、そこは白い蛍光灯と灰色の壁と傷だらけのリノリウムの床に囲まれ、舞い散る繊維の埃《ほこり》が蛍光灯にチラチラと反射している、逆の意味で別世界の空間だった。スタッフたちが早足に服のかかったラックやメイク道具を搬出している中、CSテレビ局のカメラが入り、終わったばかりのモデル、デザイナーたちにインタビューをしている。何故か校了日の森尾の顔を思い出した。

メイクルームになっている楽屋の大部屋をドア越しに覗くと、大勢のイケメンモデルたちにまじって、わりと近くの椅子に見覚えのあるアフロが座っており、鏡を見ながら自分でメイクを落としていた。

「……幸人さん！」

意を決して声をかける。振り向いた是永は悦子の顔を見て、〇・五秒後くらいに「あっ」と声をあげた。急いで顔を拭い、椅子を倒す勢いで立ちあがり、こちらへ向かってくる。

「本当に来てくれたんですか！　えっと、すみません、こないだお名前を訊くのを忘れてて」

「河野悦子です、こっちは米岡」

「こんにちはー、米岡光男でぇす。みっつぃーって呼んでね！」

　社外ではそんなキャラか米岡。悦子が若干冷めた目で隣を見ても、是永は笑顔を崩さず「よろしくお願いいたします」と言って一礼すると右手を差し出した。そこで是永の勘違いに気づき、慌てて悦子はふたりのあいだに割って入った。

「違う、違うから。この人も私と同じ、校閲部の人です」

「えっ⁉　マジで⁉」

「やだもう河野っちったらひどい。わたしだって天王寺《てんのうじ》さんにチケットもらって来たんだから今日はこっち側なんだからね」

「え、天王寺さんって、『que du bonheur!』のデザイナーのですか？」

「そうそうー。今日の服は違うけど、よく展示会行ってるんです」

「自分一度だけスチール呼んでもらったことあるんですよ、高くて買い取りできなかったけど」

「そうなんだ！　え？　シーズンいつ？」

そんなやりとりをふたりが交わし、名刺を交換し、必然的に悦子も名刺を渡し、「今度一緒にご飯でも」という流れになった。緊張してあまり喋れなかった悦子の横で、ごく自然にそういう流れにしてくれたのは米岡だ。従って新橋での飲み代は悦子が全額支払ったのだった。

「仕事仕事！　そろそろ締め切りでしょ！」

目の前で盛大に猫騙しをされ、悦子は石像のように固まった体勢のまま一センチくらい椅子から飛びあがった。横では米岡が呆《あき》れた顔をして悦子を見ていた。瞬きを数回して首を振り、悦子は自分の頬を叩く。

「……ごめん」

「いや、気持ちは判るけどさー」

改めて目薬を差し、ゲラに目を落とす。

——Les Grand Cinq のお話。

ヴァンドーム広場の朝が好きです。オテルリッツのカーテンを開け、窓から見下ろす朝靄の立ちこめる石畳に人の足音と話し声が響き始めると、前日のパーティーのせいで頭が重くても不思議と気分が冴え、素敵な一日が始まった、と思うのです。

ところでこの世には二種類の「五大ジュエラー」が存在するのをご存じですか？　少し書き方が曖昧になってしまいました。「世界の」五大ジュエラー、そして「パリの」五大ジュエラー。この二種類。Lassy世代の女性たちならきっと「世界の」五大ジュエラーのほうが馴染み深いでしょう。

ハリー・ウィンストン、ティファニー、ブルガリ、カルティエ、ヴァン クリーフ&アーペル

この五つが「世界の」五大ジュエラーとされています。それに対し、

ヴァン クリーフ&アーペル、ショーメ、メレリオ・ディ・メレー、ブシュロン、モーブッサン

こちらの五つがLes Grand Cinq（グランサンク）と呼ばれる「パリの」五大ジュエラーです。聞いたことのない名前が含まれているかもしれませんが、グランサンクの宝飾店を訊かれて間違ってブルガリなどと答えては恥をかいてしまうかもしれませんから、憶えておくと良いでしょう。

パリのヴァンドーム広場には多くの宝飾店が軒を連ねています。日本のメゾンではミキモトもその一員です――

――「少し曖昧な書き方になってしまいました」に？

――「軒を連ねる」→隙間なくびっしりと建物が並んでいる様子。ヴァンドーム広場は、隙間なくというよりも同じ建物内にメゾンが入っているので表現変えたほうが？


書き込んだあと悦子は一度文字から目をあげた。

読まなくても憶えてる。このあとフロイライン登紀子は、スポンサー契約上は問題にならない程度の柔かな表現の文章で（巻頭近くに毎号広告が出ていたため）、しかし明らかにそれと判る書き方でティファニーをこき下ろす。シルバーを扱うアメリカの宝飾店が五大ジュエラーと呼ばれる分不相応ぶりがちゃんちゃら可笑《おか》しい的なことが書いてある。そして自分が生まれて初めて父親からプレゼントされたジュエリーはブシュロンの可愛らしい梟《ふくろう》のブローチ（ゼロの数を数えなきゃいけないほどお高い）だったと、正しい淑女になるためには子供のころから「本物」を身に着けるべきだと言って、エッセーを締めくくる。

これをリアルタイムで読んだころは、鵜《う》呑《の》みにした。でも今は、違う、と思う。

否、事実として間違っている表現はないのだが、これはおかしいだろう、と心のどこかで思う。

今の若い女子が初めて手にする海外のブランド宝飾品は、おそらく多くはティファニーのシルバーだ。高校生でもお小遣いをためれば手の届く優しい価格設定。しかし世界の五大ジュエラーとグランサンク両方に名を連ねているヴァンクリなどは、一番手ごろな商品でも新人ＯＬの一ヶ月分の給料ほとんどが飛ぶし、ブシュロンだと一番手ごろな品物でさえ新人ＯＬの一ヶ月分の給料を全額つぎ込んでも手に入らない。ましてディ・メレーは日本に直営店がないし、モーブッサンも路面店が銀座にオープンしたのは二〇〇九年、実物を見たことのある人のほうが少ないだろう。

——自分以外の人がこれを読んだら、どう思うのだろう。

宝飾品とはジャンルが違うが、昨日、東京に集うデザイナーたちのショーを見て、悦子は素直にすごいと思った。今や東京を活動拠点とする日本人デザイナーは、悦子がずっと『MODEetMODE』で眺め焦《こ》がれつづけてきたような海外の著名なデザイナーたちと肩を並べる存在になり得ている。実際に昨日は海外からも結構な数のバイヤーが足を運んでいたという。そんな時代の中、アーカーやアガットでじゅうぶん満足している女子たちに、わざわざグランサンクと「本物」を論ずる意味はあるのだろうか。

こめかみを揉みながら、悦子はしばらく目を閉じた。

——私は校閲。内容の是非に口を出してはいけないんだ。

心の中で言い聞かせ、目を開けて、再び文字に目を落とした。昨日の幸せな時間と

は天と地ほどの差のある仕事。こんなに仕事が辛いのは初めてだった。

二日後、外校に出した。悩んだ結果、悦子は編プロの担当者に宛てて手紙を書いた。自分が連載開始時から「淑女の羅針盤」を読んできた読者だったこと、フロイライン登紀子の信奉者であること。しかしながら、今の時代に『Lassy』を読む二十代のOLたちに向けてこの本を出してもほぼ同意を得られないであろうこと。むしろ、今後『Toxxy』の顧客になるであろう層を逃しかねないのではないか、と思うこと。

実際、フロイライン登紀子のあとに連載をしているスタイリストが名前を出すメゾンは半分以上が日本のもので、手に届きそうなプロダクトがたくさん出てくる。アンケート結果はまずまずだが人気がないわけではないらしいと森尾に聞いた。

翌日、次のゲラを受け取ったとき、エリンギ（部長）が「あれ終わった？」と訊いてきた。

「……あれ？　って？」

「え？　頼んだでしょ？　米岡くん、河野さんに頼んでくれたよね？」

「はい」

「今日の昼に人事部に戻す約束になってるから、よろしくね」

なんのことか判らないやりとりがエリンギと米岡のあいだで交わされ、それは間違いなく自分に関係のあることっぽいため、悦子は記憶を手繰《たぐ》る。そして自席の抽斗《ひきだし》の一番上を開けたとき、記憶がつながり頭と手足の末端がさっと冷えた。

――忘れてた。

来年の入社試験問題の校正を任されていた。頼まれたのは、あの、コーヒーショップで是永と再会した日だ。記憶はほとんどないものの、たぶん楽しく是永とお話ししている最中に米岡から呼び出され会社に戻った。そのときに依頼されていたのだ。『淑女の羅針盤』のページ数は、いつも作業しているような小説作品と比較すれば少なかった。しかしいつもどおり二週間、時間が与えられていた。空いた時間に作業してくれと言われていたのに、悦子がゲラの内容に入れ込みすぎたため時間も空かなかった。

取り出した二十枚ほどの紙の束《たば》を、米岡が覗き込む。そして悦子は入社してから初めて、米岡の「怖い顔」を見た。更に「怖い声」も聞くことになる。

「真っ白じゃない」

「これ、わりと時間あったよね。もしかして忘れてた？」

「……」

「……ごめんなさい」

米岡は悦子の手から束を奪うと、ざっくりと半分に分けて片方を悦子に戻した。

「とりあえずできるところまでやって。わたしも手伝うから」

頷《うなず》き、悦子は机に向かってゲラを広げるとルーペを滑らせた。十分ほどですべてのページのルビ確認を終え、問題文を読む作業に移る。依頼は一次試験の一般常識問題で、満遍なくすべての教科、ジャンルから出題されており、とくに時事問題に関しては入社して二年が経っているため細かい正誤が判らない。可動式の小机を引っ張ってきて時事用語辞典を載せ、開く。心を無にして働くと、昨日までゲラで苦しんでいたのが嘘のように作業がはかどった。

通常、仕事に慣れた校閲者が一日で完璧にできるのは二十五ページほどだとされている。だいたいその半分に匹敵する枚数を約二時間、息をするのも忘れるくらい集中して確認した。あまりにもふたりが静かだったものだから、うしろの雑誌校閲班が物珍しそうにちらちらと窺っていたのだが、悦子はまったく気づかなかった。

やはり時事問題の人名の誤りが多い。正答選択肢で選択肢に正解のない問題がふたつあった。

最後のページのレイアウト確認を終えたところで、卓上時計のデジタル表示が12：00に変わった。深く長く息を吐き、悦子は少しだけ芯先の丸まった鉛筆を置いた。

「……終わった？」

隣で一瞬遅れて赤ペンに蓋をした米岡が尋ねる。

「うん。お手伝いありがとうございました。申し訳ありませんでした」

悦子は彼のほうに向き直り、立ちあがって頭を下げた。自分が思っていた以上に米岡に驚かれた。米岡以外の、昼飯のために部屋を出てゆこうとしていた雑誌校閲班の人たちさえ、足を止めてこちらを見た。

「いいよ、終わったなら。ていうか河野っち、謝罪とかできるんだ、意外、ていうか気持ち悪い」

脳と眼球が疲労のピークに達していて、眩暈《めまい》もしていて、何も言い返す気になれなかった。それよりもやはり、申し訳なかった。

その年のクリスマスイブは悦子にとって人生最悪のものとなった。

完璧に仕上げたつもりだった『淑女の羅針盤』の再校は、編プロ側から「河野悦子さん以外の人にお願いします」という指定つきで校閲部に回ってきた。

「フロイラインさんのこと怒らせたみたいよ。　内容に関していちゃもんつける手紙、送ったんだって？」

急遽押さえた小さな会議室の中で向かい合い、エリンギは難しい顔をして悦子に問うた。フロイラインは苗字ではなく敬称です、それだと「お嬢さんさん」です、と指摘することもできないくらい目の前が真っ暗になった。本当にこういうときって目の前が暗くなるんだ、とどうでもいいことに心の隅っこで感心する。

「河野さんさ、自分がどうして校閲部の文芸に配属されたか判ってる？」

言い訳することも泣くこともできないでいたら、しばらくの沈黙のあと、エリンギが尋ねた。

「名前がこうのえつこだったから」

「違う、文芸にまったく興味がないからだよ」

それほど意外でもない言葉に、とりあえず顔をあげた。エリンギは言葉をつづける。

記憶からは抜けていたが、入社試験で、エリンギも悦子の面接官を担当したそうだ。このとき、悦子は景凡社の女性誌をどれほど愛しているか熱弁をふるった。どの雑誌のどの号のどの特集が面白かった、と逐一説明する悦子を、最初は暑苦しいと思っていたエリンギは、途中で悦子の記憶力が並大抵のものではないことに気づく。

――ところで君、一昨年《おととし》再建された三菱一号館のコンセプトは知ってる？

――「丸の内コンフォート」です。

――なんで知ってるの？　何かで見た？

――『Lassy』二〇〇九年十月号の丸の内特集で見ました。あの特集で建物の写真を撮ったカメラマンがすごかったんです、タケウチさんて、普段はモデルも撮ってるカメラマンなんですけど、ブリックスクエア内の写真がまるでイギリス……。

――いや、もういい、ありがとう。そういえば二〇〇八年五月号の表紙のモデルは誰だったっけ？

――西園寺《さいおんじ》直子《なおこ》さんです。結婚する直子姉の卒業記念号でした。旦那様が年下の実業家で、芦屋にあるお屋敷がまた素晴らしくて！

――あ、もういいや。ありがとう。

面白半分でそんなやりとりを、メモを取りながら何度か交わし、面接を終えたあとエリンギは資料室に向かい、『Lassy』バックナンバーの棚の前で該当の号を一冊一冊取り出し、答え合わせをした。悦子の返答はひとつも間違っていなかった。

その後の選考会議で、聖妻女子大卒業見込みという最終学歴がネックになり落とされそうになった悦子を、エリンギただひとりが採用するべきだと推した。偏差値は足りないかもしれないが、文字を読み込んで記憶する能力は卓越している、絶対に役に立つはずだ、と。だったら校閲部で面倒みてくださいよ、と言われ、そのつもりだと答えた。

「……じゃあ、私、最初から校閲部にしか入れない運命だったんですね」

初めて知らされた事実に様々な感情が入り乱れ、とうとう悦子の鼻の奥はツンと痛んだ。

「うちの会社じゃないけど、受付嬢として採用されて五年後には編集者になった社員もいる。どんな仕事でも、与えられた職務を全うすれば相応の評価は与えられるんだよ。最初から言ってたでしょ」

でも、失敗しちゃったね。越権行為だよ。

最後に発せられたエリンギの言葉が、胸の奥まで刺さった。クリスマスイブなのに。恋のキューピッドの放った矢じゃなくて、そんなリアルに痛いもん刺してどうすんのよ。

入社試験問題の校閲をすっかり忘れていたことも人事部にバレてしまい、年明けから悦子は一時的に文芸から外されることになった。異動先は雑誌校閲だ。

「あれ……？」

冬休み前の机の掃除をしながら悦子は気づく。

フロイライン登紀子を怒らせてしまった事実が胸の中に重すぎて、一時的に異動と言われたことがショックにしか感じられなかったが、まったく興味のなかった文芸を離れて雑誌へ行くということは、もしかして若干、Lassy編集部に近づいているんじゃないのか？

そう思ったあと、その考えを打ち消した。自分の努力が認められて近づくことが目標だった。しかしこれは自らの失敗と恥による異動だ。

ああ、なんか。もう。

所属部署が替わるわけではないが、二年弱、何も実りがなかったことを思うと、移動させる荷物だけではなく身体まで重く感じた。正月の実家に帰れば親から『〇〇ちゃんが結婚して子供産んだんだってよ』『〇〇さんとこのお嫁さんがひどい人なんだってよ』的な話を延々と聞かされるだろう。まだ悦子は二十四歳だから結婚を急《せ》かされることはないが、このまま生活していったら数年後に言われ始めるであろうことは確実だ。

十二月二十七日の最終出社日、校閲部の一年は静かに終わる。年末モードで浮かれた人と仕事が終わらなくてくたびれた人をぎゅうぎゅうに混載した地下鉄に乗り家に戻ると、加奈子が来ていて、客もいないのに店先で大量の鯛焼きを焼いていた。

「あっ、えっちゃんおかえり！　あのあとアフロには会えた？」

外を歩く悦子を暖簾《のれん》越しに見つけ、加奈子が声をかけてくる。餡子《あんこ》の甘い匂いのせいだけでなく、なんだか泣きそうになったのをぐっと堪《こら》えて、「会えたよ」と悦子は答え、横の玄関扉を開けた。

第四話

校閲ガールと
ワイシャツとうなぎ

悦子の研修メモ　その4

【フォント】ルールに基づいてデザインされた文字の形。日本語だと「書体」。ゴシック、明朝など多数。オプチマとフーツラがかわいい♪　部長が好きなのは「イワタ中細明朝体」。渋い。

フォントサイズ＝文字の大きさ。「nポ←ポイントの意」とか「nQ←級数の意」と記す（n＝数字）。どっちを使うかはTPOによる。

フォント関係ないけど「！」はあまだれ、「？」は耳だれと呼ぶらしい。見たまんますぎる！

　――出陣の前日、怨敵退散の祈念が行われた。明けて出陣当日、四月二十日、三献の儀式ののち空高く雷鳴のように轟く鬨の声をあげ、約三万の連合軍は長い列を成して京を出立した。行軍は琵琶湖を右に見て坂本を抜け、湖畔の城に初日の泊を取った。翌日は朝から雨が降っていたが、早くから進軍を開始し、夜には田中城に泊まり、更に翌朝からは琵琶湖を離れ山越えの林道に入った。前日の雨のせいで地盤が緩んでおり進軍は困難を極め、宿の若狭熊川城に着いたのは夜も遅くになってからだった。

　上野介の討伐は建前ではなく本懐で、攻め入った後は先鋒が一日も掛からず大将首を討ち取った。更に三日後、信長は越前敦賀の妙顕寺に本陣を置くことになる。朝倉家の支城である手筒山城と金ヶ崎城はこの妙顕寺からは目と鼻の先であった。二つとも山城ではあるが、道程に山も谷も激しい河川もない。一日と掛からず本陣には幔幕が張られ陣小屋と楼が建てられた。

朝倉側には小田の進軍は伝わっている筈である。しかしながら向こうから和解を促す書状もなく、結果、二十六日に信長は軍を手筒山城へ向かわせた。

城の大手門を狙えば反撃は免れぬため、信長は警備の手薄な搦手を攻めの虎口とした。木橋を上に見る沼地から攻め入り、山城であるにも関わらず数勝負の攻撃をかけた結果、手筒山城は一日と掛からずに落ちた。同じく金ヶ崎城も開場した。どちらも殆どが琴柱、掛矢等しか持たぬ軽装の足軽兵のみで攻撃した結果である——

慢↓幔　小田↓織田　二十六日↓二十五日？（現代語訳「信長公記」より）
向こう↓先方？　関わらず↓拘らず　開場↓開城
——「夜も遅く」と明確な区切りがない時間に対し、「〜から」として「着いた」ことを示すのは文章として不自然では？

……なんてこった！　雑誌校閲に来ても文芸から離れられないなんて！

年が明けて一時的に異動になった雑誌校閲、見台《けんだい》の上に重なるゲラの、文芸書より明らかにみっしりとしてフォントサイズの小さな文字の上にルーペを滑らせながら、悦子は鬼の形相でルビ間違いと誤字を探していた。なんというページ真っ黒の原稿か！　しかも時代小説！　事実確認が超めんどくさい！　ていうか漢字がそもそも読めない！

もしかして『Lassy』の担当とかさせてもらえるんじゃないか、という淡い期待は見事に裏切られ、悦子が担当しているのはその真逆とも言える雑誌、『週刊 K-bon』だった。

『週刊 K-bon』は、読者ターゲットが五十代〜七十代男性の、所謂《いわゆる》ゴシップ系の週刊誌である。巻頭はだいたい半乳を出しつつ局部を隠すタイプのセミヌードグラビアで、中ほどには乳も毛も丸出しのヌードグラビアがあり、各都市の風俗嬢格付けページ、芸能人のスキャンダル記事、現政権を糾弾する社会的な一面も見せつつ、体脂肪の効果的な落とし方、気になる足のにおいをどうにかする方法、など健康面にもちゃんと気を使っている。何故か星占いもあり、「ふたご座…酒の肴には海藻などミネラルを多く含むものを。ラッキーアイテムはすっぽん鍋」「てんびん座…寝る前には頭皮マッサージを忘れずに。ラッキーアイテムは笹かまぼこ」とか書いてあると、占星術ってなんだったたっけ、となんとなく遠くを見たくなる。ていうかこのノリの雑誌なら、連載小説は歴史小説じゃなくてそれこそエロミスが相応《ふさわ》しいだろうがよ。なんでそんなとこだけ「硬派な俺」ぶってんだよ。

悦子の担当は連載小説と各種コラム、そして文化面の特集記事である。この各種コラムの中に、本郷大作のグルメコラムを見つけて、なんだかしみじみと複雑な気持ちになった。あのジジイこんなところでも仕事してたのか。そして十年前の著者近影に比べて一・五倍くらい太ったのは、もしかしてこの仕事のせいか。

年が明けて三週間が経っている。従って悦子はこのグルメコラムを三度読んでいる。年明け初めはアワビを食っていた。二度目はあんこう鍋を食っていた。そして今週は松阪牛。こっちはコンビニ飯だっつうのにあのやろう！

こうえつ《かう―》 ⓪【校閲】(名)スル 印刷物や原稿を読み、内容の誤りを正し、不足な点を補ったりすること。「原稿を―する」「―を受ける」 『大辞林』より

相変わらずコンビニ飯なのは年明けのセールで服を買いすぎたせいにほかならないが、三週間、特に叱咤《しった》されるようなこともなく、そもそも入社二年目の悦子はほとん

ど戦力として扱われておらず、ただ戦場のように忙しそうな雑誌校閲の足軽として流れについて行くだけだった。週に一度、校了日は終電になる。変わったことといえばそれくらいで、残業手当がつくため、若干嬉しくもあった。

「バレンタインかー」

校了翌日、月初発売の『C・C』を受付ロビーのソファに座って捲《めく》りながら、思わず声が出た。

「バレンタインですよー」

遠い目をしながら受付嬢の今井が答える。

「浮《うわ》ついたこと言って。そもそも製菓業界の単なる販売戦略なのに日本人は踊らされすぎなんですよ、くだらない」

弁当屋の袋をぶらさげて自動扉を入ってきた藤岩が冷ややかな視線を寄越しながらエレベーターホールへ向かい、悦子と今井は何も言わずそのうしろ姿を見送った。たぶん彼女はサンタクロースの存在を知らないで育った人だろう。

「今井ちゃん、どこの買う？」

「サダハル・アオキとアンリ・ルルーとジャン＝ポール・エヴァンの期間限定は絶対買う」

「あー、ミッドタウン組ねー」

「あとは無難にピエール三兄弟かなあ」

マルコリーニもエルメもルドンも別に兄弟ではないが、なんとなくしっくりくるその呼び名に思わず笑った。

藤岩は勘違いしている。今やバレンタインデーは気になるアイツ（男）にチョコを贈る日ではなく、女子が「頑張ってる自分へのご褒美」という名目で高くて美味《おい》しいチョコレートを大量に買い込んで夜中に食べ、大幅に体重とニキビを増やす日である。

しかし今年のバレンタインデーは、悦子にとってたいへん重要な日でもあった。気になるアイツ（是永是之、またの名を幸人《ゆきと》）にチョコレートを渡す。そういうとってもステキな任務があるから☆

判りやすいのはグッチかブルガリ。実際にここのチョコレートは美味しい。でもモデルをしている人にそんな判りやすいブランドが技として通用するのか疑問にも思う。

『C.C』を雑に閉じ、悦子は頭を抱えた。

「あー、何が正解か判らない、どうしよう今井ちゃん、どこのをあげればいいんだろう」

「いっそ手作りとかしちゃえばいいんじゃないの？」

「鯛焼きしか作れないよ、うちじゃ」

「新しいじゃないですか、鯛焼き形のチョコレート。ガーナ溶かして固めればできるし、お手軽！」

自分で言ったことを五秒で忘れそうな適当極まりない今井の提案は、悦子の脳に達することなく耳を通り抜け、時計が午後一時を指したので悦子はソファを立ち雑誌を棚に戻した。


事件は二日後、節分の日に起きた。

まる十日、本郷大作と連絡が取れないという。別に校閲部にはまったく関係のないことなのだが、悦子は以前文芸で本郷の校閲を担当し、更に本郷本人と面識もあるため、週刊 K-bon 編集部から内線がかかってきた。

「どこか行きそうな場所を知りませんか」

「知りません。ていうか原稿は大丈夫なんですか？」

「本郷先生はいつも四週間分の原稿を書いてストックしておくタイプの方なので、あと二週間分は問題ありません。ただその後も音信不通となると代原《だいげん》を用意しなきゃいけないから……」

というやりとりを若い編集者と行った三十分後くらいに貝塚が息を切らせて校閲部にやってきた。

「おいゆとり！　本郷先生と連絡取ってたりしないか⁉」

「もうこのやりとり一回やったあとだし！」

「あれ、席替えしたの？　え、なんで K-bon のゲラやってんの？」

「情報遅いし！　もう異動して一ヶ月経ってますし！」

うんざりしながら貝塚に、既に『週刊 K-bon』の編集者から本郷と連絡が取れない件については聞いている旨を説明し、早々に退散願おうと思ったのだが、貝塚は悦子をそのまま校閲部から連れ出した。そして人気《ひとけ》のない階段の踊り場で、胸ポケットから出した自分の携帯電話を押し付けた。画面には『本郷大作先生』の文字と電話番号。

「私わりと忙しいんですけど⁉」

「かけてみろ。俺や別の版元の担当者たちがかけてもつながらなかったけど、編集者じゃないおまえがかけたらもしかしたら出るかもしれない」

「別に私あのオッサンと仲良しじゃないんですけど⁉」

「いいからかけろって！」

「それが人にものを頼む態度か無能編集！」

「かけてくださいお願いします」

よほど焦っていたのだろう、素直に頭を下げた貝塚にちょっと申し訳なくなり、悦子は渋々と通話ボタンを押した。お客様のご都合によりおつなぎできないと言われた。

「電話料金払ってなかったら誰がかけてもダメじゃん！　止められてるよ電話！」

「ご都合によりか？　そしたらチャッキョの可能性もある、おまえの携帯からかけてみろ、いやかけてください」

再び頭を下げられ、悦子は一度校閲部に戻り、鞄から携帯電話を取り出して踊り場に戻った。そして貝塚に手渡す。番号を押して貝塚は悦子の手に戻した。驚いたことに今度は受話口からコール音が聞こえた。と同時に電話を貝塚に毟《むし》り取られる。だったら戻すなよ。

しかし、結局コール音が鳴るだけで、通話はつながらなかった。諦めたように通話終了ボタンを押し、貝塚は悦子に電話を返す。

「とりあえず、電波の届くところにいることが判って良かった」

携帯電話を不携帯という可能性は考えないのですか、と訊いたらもっとめんどくさいことになりそうなので悦子は口を閉じ、ポケットに携帯電話を仕舞った。

「良かったね。じゃあね。私は仕事に戻るからね」

「あ、もし折り返しかかってきたらすぐ教えろよ。俺だけじゃなく、仕事してる全版元が心配してるからな」

「家には行ったの？」

「今連載持ってる冬虫夏草社と明壇社のやつらが行った。俺もこれから行く」

そう言って貝塚は階段を駆け下りていった。編集者って大変だなあ、とまさしく他人事《ひとごと》として悦子はその背中を見送った。


夜の八時を過ぎて家へ帰ると加奈子が店先で鯛焼きを焼いていた。商店街のシャッターは居酒屋以外軒並み閉まっており、店の前に客はいない。

「……チョコクリーム鯛焼きですか」

「あ、おかえり。うそなんで判ったの？」

「十メートル先くらいまでチョコレートの匂いが漂ってましたから」

「バレンタイン商戦に参戦できないものかと思ってさ。万が一リカちゃんが出戻ってきたとき実家なくなってたら困るだろうから、修繕費作らないと」

「すみませんねえ、格安のお家賃で住まわせていただいて」

リカちゃんというのは元々ここに住んでいた家族の娘で、サイパンに嫁に行ったという。二階にあがってエアコンをつけジャージに着替え、台所に戻ってレンジに弁当を突っ込み温め、冷蔵庫からビールを取り出す。弁当が半分くらいに減ったころ、加奈子が鯛焼きてんこ盛りの盆を持って食卓へやってきた。

「いる？」

「うん、ありがと。加奈ちゃんさあ、誰かあげるアテがあるの？」

「おにいちゃんとー、あと職場の人とー、あと赤松《あかまつ》くん」

当然のように加奈子は食卓の椅子に座り、悦子のビールをごくごくと喉を鳴らして飲んだ。

「最後の誰よ」

「信金の営業さん。かっこいいの！　顔が！」

それから十五分くらい加奈子はチョコクリーム鯛焼きを頬張りながら、赤松くんの顔がいかにかっこいいかを語り倒した。そのあいだに悦子は弁当を食べ終え、空き容器を軽く洗ってゴミ袋に入れ、盆の上からまだほかほかの鯛焼きを一つ手に取り齧《かじ》りついた。意外にも濃厚なカカオの風味と滑《なめ》らかなクリームの舌触りに思わず目が丸くなる。

「……やだちょっと、美味しいんだけど」

「でしょー!? じ・し・ん・さ・く! 自信作!」

「加奈ちゃんもう不動産屋やめて鯛焼き屋になればいいのに」

「ヤダよ儲からないもん、見りゃ判るでしょ、この家のボロさを。こんなとこ借りる物好き、えっちゃんくらいなもんだよ。お洋服オシャレなのになんでこんな家住んでんの?」

「衣食住の『衣』以外にお金が回らないからに決まってんでしょうが」

自分とこで管理してる物件を「こんな家」呼ばわりか、と苦笑いしたとき、机の上に置いておいた携帯電話が振動した。登録していない番号だ。出るかどうか迷い、結局通話ボタンを押した。

「もしもし」

「おまえは誰だ」

くぐもった声だった。誰か判らず電話をかけてくる人も珍しい。

「そっちのほうこそ名乗りやがれ」

「……あっ、おまえ、もしかして景凡社の校閲のあいつか!」

その言葉に、悦子は昼間の一連の流れを思い出す。昼間にこの番号で着信を残した人と言えば。

「河野悦子です。そういうあなたはもしかして本郷大作先生じゃないですか？」

しばらくの沈黙ののち、向こうから、否定も肯定もなく深い溜息だけが聞こえた。

「そうなんですね？　失踪したって騒ぎになってますけど、ご無事ですって貝塚に連絡したほうがいいですか？　あ、でも私、貝塚の携帯番号知らないや、無理だ」

というか、会社の人間の電話番号を、今井と森尾と米岡以外知らない。切られるかなと思ったが通話はつながったままだった。

「もしもし？　生きてます？」

「河野さん、今からインペリアルホテルに来られないか？」

「行きたくないです。インペリアルなら銀座近いし、どっかの店から見繕ってきたらいかがです？」

「あいや、そういう意味じゃなくて」

「ていうか、インペリアルにいらっしゃるんですか？　何してんの？」

悦子が知る限り、本郷大作は原稿を落とすタイプの作家ではない。週刊誌の校閲に異動してからも、やっつけ仕事だな、と思うような文章は見ていない（まだ三回しか読んでないけど）。従って原稿が書けないことからの逃亡だとは思えない。ということは……。

「……え⁉　先生もしかして誰か殺したの⁉　それで逃げてんの⁉　だったらもっと遠くに行かなきゃダメじゃん！　なんでよりによって東京のど真ん中にいんの⁉　バカじゃないの⁉」

「違う！　妻がいなくなったんだ！」

悦子は、フーンそっかー、としか思わなかったが本郷的にはうっかりした発言だったらしく、おたおたしながら「編集者たちには内緒にしてくれ」と何故か小声で言ってきた。

「判りました。見つかるといいですね、それじゃ」

そう言って悦子は通話終了ボタンを押した。好奇に満ちた目をキラキラさせながら「どうしたの？　インペリアルホテルで何があったの？」と加奈子が身を乗り出して訊いてくる。と同時にまた電話が振動した。番号は今しがたかかってきたものと同じだ。通話ボタンを押し、悦子はうんざりしながら言う。

「誰にも喋りませんから、安心してください」

「頼む、捜すの手伝ってくれ」

「イヤですめんどくさい、なんで私」

「ねーえっちゃん、インペリアルホテルってタルトタタンが美味しいんだって。あたし一度食べてみたいなあ！」

何故かそばに寄ってきた加奈子が至近距離で声を張りあげた。邪魔すんな、しかもタルトタタンよりもナポレオンパイのほうが美味しいし、と思ったが声は電話の向こうにも聞こえていたらしい。

「……誰だ今の」

「近所の不動産屋です」

「立派な職業だ！　タルトタタンでも何でも食わせる！　待ってるからな！」

鼓膜の震えるようなとんでもない大声のあと、ブッ、と音を立てて通話は切れた。思わず「ハァ⁉」と裏返った声が漏れる傍《かたわ》らで、加奈子が喜び勇んでテーブルの上を片づけ始めた。

「食べさせてくれるって！　誰だか知らないけどきっといい人だよ、行こうよえっちゃん！」

あんた今チョコクリーム鯛焼きよっつ食べたあとだろうが。時計を見ると、九時を少し回ったところだった。インペリアルのラウンジが夜の十二時まで営業していることに絶望した。しかもうちの最寄り駅から地下鉄で二十分くらいで着いちゃうし。

――もう我鰻の限回を越えました。あなたの浮気相手達にお会いしてきます。溜守はどうかお好きになさって。亮子――

鰻↓慢　回↓界　越↓超？　溜↓留

「いや、直さなくていいよ」

「ていうかこんだけ短い文章に修正がよっつって、ある意味才能だと思いますよ」

しかも「うなぎ」って。こっちのほうが書くの難しいだろうに。

部屋の備品のボールペンに蓋をし、悦子は本郷のほうに向き直った。スタンダードツインのそこそこ広い部屋のベッドサイドでは何故か加奈子がルームサービスに電話をかけ、「タルトタタンみっつとコーヒー」と頼んでいた。そして受話器を置くとベッドに腰掛け、子供のように、物理的に弾みながら言った。

「こんなすごいホテル来たの初めて、嬉しい！　ねええっちゃん、すごいね！　ありがとうおじさん！」

そんな加奈子を見て、憔悴しきった顔色の本郷は若干血の気を取り戻し笑顔を見せた。なんかもう、これもある種の才能なのではないかと思う。商店街中の大人たちから可愛がられ、すくすくと育ってきた結果だろう。

「で、なんでホテルに逃げてるんですか？　別に奥さんがいなくなったからって先生まで家を出る必要ないでしょう」

「妻と初めて結ばれた場所がこの部屋だから、もしかしたらいるかと思ってフロントまで訊きに来たんだが、そのまま帰るのもアレだし、なりゆきで」

「女の人って男の人が夢見てるほどロマンチストじゃないですよ。いないことが判ったなら帰ればいいのに、なんという無駄遣い」

呆《あき》れ果てて言った悦子に、本郷は特に悪びれるふうでもなく答える。

「いや、家にいたら妻がいなくなったことを編集者たちに知られるだろ。それも体裁が悪いし、作家になったからには一度くらいは『スランプで編集者たちから逃げる』ってのもやってみたかったから、ちょうど良かった」

「ちっともちょうど良くないです。なんで私が先生のスランプごっこに付き合わなきゃいけないの」

「えっちゃんってさあ、編集者っていう仕事の人じゃないの？」

絶妙のタイミングで加奈子が口を挟んできた。

「だから何度も言ってんじゃん、校閲だって。本来は作家先生とお話しできない立場なの。だから奥さんが出て行こうがなんだろうが関る義理もないの」

「前にリカちゃんのお母さんが家を出て行っちゃったときは、おじさん、迎えに行ってたよ?」

本郷が「どこで見つかった?」と尋ね、加奈子は「韓国だって。金庫のお金ごっそり持ってハンリュースターおっかけに行ったらしいよ」と朗らかに恐ろしいことを答えた。

「うちにその可能性はないなあ」

残念そうに本郷は肩を落とす。

「なんで?」

「ハンリューよりもディセンバーズが好きらしい」

そっかー、と加奈子もつられて肩を落とす。誰が好きなの? スコップの誰だかって言ってたけど詳しくは知らない。やだ、時代はもうスノホワだって奥さん戻ってきたら教えてあげなよ。というなんの得にもならないアイドル談義をふたりがしているうちに部屋のチャイムが鳴り、バニラアイスの添えられた艶《つや》やかなタルトタタンとコーヒーが運ばれてきた。

おいしそう! と満面の笑みを咲かせ歓声をあげる加奈子を見て、本郷は相好《そうごう》を崩す。それを見て悦子はふと尋ねた。

「本郷先生って、お子様は？」

「いない。妻がほしがらなかった」

答えた横顔に影がかかった気がして、なんだか夫婦にもいろいろ複雑な事情があるのだな、と他人事ながら思ったあと、セットの整ったテーブルを囲み三人でタルトを食した。食しながら何故か本郷の思い出話を聞く羽目になった。

初めて結ばれた（この表現からして聞いてててこっぱずかしい）のがこのホテルのこの部屋だったこと。から始まり、妻の亮子《りょうこ》にとっては本郷は初めての男（これもこっぱ略）だったこと、美味しいものが大好きで、売れない時代は生活を切り詰めても、新しいレストランを見つけては一緒に食べに行ったこと、もちろん亮子の手料理も絶品であること、売れなくて食えない時代は実家で作った料理を差し入れてくれたこと、記念日に作ってくれた手作りのケーキも美味しいこと、プロポーズはやはりこのホテルの最上階のフレンチだったこと、デートで行ったレストランが不味《まず》くて初めて大喧嘩したこと。

「……食ってばっかじゃんよ！」

「しょうがないだろ！　実際食ってばっかなんだから！」

「旅行の思い出とかないの？」

「観光というよりは食べに行く旅行だったからなあ……」

「そういえば先生が連載してるK-bonのグルメコラム、私が校閲担当してますよ」

「え？　雑誌に異動になったのか？　なんで？」

言わなきゃ良かった、と後悔した。ことの顚末《てんまつ》をざっと説明したら本郷は意地悪く笑い、「これに懲りて余計なことには首を突っ込まないようにするんだな」と言った。

悦子は目を丸くして椅子から立ちあがる。

「マジで!?　じゃあ私、帰りますね！　ご馳走様でした先生！」

「いやいやいやいやいや、待て待て待て待て。それとこれとは話が違う」

「どこがよ、これ以上余計なことってないと思うんだけど！」

摑んだ腕を放してもらえず、憤然として悦子は本郷を睨《にら》みつける。睨みつけられた本郷は怯《ひる》むこともなく、にやりと笑った。

「手伝ってくれたら、女性誌に口を利いてやってもいいぞ。『Lassy』と付き合いはないが、『Every』になら知り合いの編集者がいる」

「いやだもう、そういうことは早く言ってくださらなきゃ困りますわ先生」

我ながら今まで見せたこともない極上の笑顔で答え、いそいそと椅子に座り直した横で、近所の不動産屋が昏からコンポートの切れっ端を垂らし、呆れ顔で可哀想な借り主を見ていた。大人にはいろいろあるの！

手伝うと言ったものの、具体的に何をすればいいのか判らなかったので、とりあえず悦子は翌日、なんらかの手がかりを探すため本郷の自宅に行った。加奈子を先回りさせて編集者たちが待機していないか確認を取ったあと（超大きい家だよ！　とのこと）、本郷に託された鍵を使って家に入り、妻の部屋へ向かう。

「いいのかなー。これってすごいプライバシーの侵害じゃないのかなー」

「勝手にいなくなったほうが悪いんだよ」

加奈子は悪気なく言い放つと物珍しそうに、悦子の部屋（元鯛焼き屋の二階の四畳半）の三倍くらいはある部屋を見渡した。「作家の妻」が具体的にどんなものかは判らないが、それっぽくはなかった。優雅な専業主婦の部屋そのものだった。

「……つまんない服ばっかり」

ウォークインクローゼットを開けた悦子は思わず声に出してしまった。服を作る側にもそれなりの意図があって作っているのは知っている。実際つまらない服の需要は高いし、それしか着られない人生を送る人のほうが多いことも知っている。

いつか言われた、商売女みたいね、という言葉に含まれた苦い棘《とげ》を思い出す。軽蔑にはときに憧れが含まれているものだ。こういう服を着て過ごす生活の中で、何を思って家を出たのだろうか。あ、いや。夫の浮気相手に会うためだった。実際はそんなものいないのに。

壁際の本棚の一角には、本郷が口利きしてやってもいいと言った『Every』のバックナンバーが並んでいる。本来は四十代向けの女性誌だが、うたい文句が「すべてを手に入れたラグジュアリーな女性のためのバイブル」なので、五十代や六十代の女性にも読者が多い。そして雑誌の価格も高い。不況のどん底で、若い子向けの女性誌がファストファッションブランドとのコラボ商品などを載せていたころにも、果敢に「ハリー・ウィンストンのある日常」とか、「生涯フェンディ宣言!」とかいう「今って何時代だったっけ⁉」的な特集を組んだ雑誌である。

女性誌って本来、こうあるべきなんじゃないかな、と悦子は一冊を本棚から抜いてぱらぱらとページを捲りながら思う。手の届く夢なんて夢じゃない。そうは判っていても、フロイライン登紀子のエッセーは同年代の女性向けに世に出してはいけないと思った。案の定あの本はネット書店のユーザーレビューが非常に悪く、増刷は無理だろうね、と森尾に言われた。

いくつかのページはドッグイアされていた。服のページだったり、アクセサリーのページだったり、カルチャー面だったり。悦子はふせんを貼る派だが、折り曲げる人も結構多い。

「おいしそうー」

横から覗き込んできた加奈子が言う。ちょうど開いていたページには、当時流行《はや》り始めていた、アメリカから入ってきたばかりのパンケーキ屋の紹介があった。

「ウチも鯛焼きやめてパンケーキっぽい形にしたらもうちょっと儲かるかなあ」

「それは今川焼きっていう別の食べ物になるんじゃないかなあ」

このページも折り曲げられていた。ふと思い立ち、他の号を取り出す。同じくグルメ欄が折り曲げられている。五冊くらいまとめて取り出し確認すると、服やカルチャー面はまちまちだが、グルメページだけはすべてドッグイアされていた。

ほんとに食べるの好きな夫婦なんだ、と感心する。そして少しだけ親近感も覚えた。

なんの手がかりもありませんでした、と報告をしたあと、週が明けて月曜日、定時に帰ろうとしていたら米岡に段ボール一箱分の紙の束《たば》を渡された。

「答え合わせ。やっておいて？」

「え？　なんの？」

「入社試験の。忘れたとは言わせないからね」

あー。と悦子は自らの額《ひたい》を手のひらで打つ。昨年末、校閲し忘れて雑誌校閲に異動になった原因の仕事。

「こんなにいるんだ、一次なのに」

段ボールを受け取り、その重みに驚く。

「なに言ってるの、これでもＥＳ《エントリーシート》でふるいにかけてるんだよ。自分が入社できたことをラッキーだと思いなさいね、ただでさえ河野っちは誤解されやすいんだから」

確かに、この中からわざわざ自分を選んでくれたエリンギに感謝はしている。が、エリンギの言葉どおりならば相当頑張らなければ雑誌編集には行けない。持った鞄を再び床に置き、悦子は箱の中から束を取り出した。何故マークシートにしないのか……。

得点付けは人事がやるらしく、○×だけをつければ良いという指示が添付されていた。だんだんと人が減ってゆく部屋の中で正解表と照らし合わせながらマシンになったつもりで○×をつけていたら、しばらくして右の鎖骨の中に激痛が走った。以前整体に行ったとき、鎖骨の中に鋭い痛みが走るが病気ではないかと相談したら、肩こりのひどい人の症状であると言われた。鎖骨を擦《さす》りながら顔をあげるといつの間にかほとんど人がいなくなっていた。静寂の中に溜息をつくと同時に、しかし不愉快な声が聞こえてきた。

「米岡いるかー」

「とっくに帰りましたけどー」

悦子の返事に貝塚は驚き、踵《きびす》を返すどころか部屋の中に入ってくる。

「珍しい。こんな遅くまで何やってんの？」

「入社試験の答え合わせ」

「え、それも校閲の仕事なの？」

「らしいよ」

数年前に同じような試験を受けたのが嘘みたいに、問題が難しかった。よくこんなの正解できるな、と思うような常識問題が結構ある。数年のあいだに常識が変わっているのではなかろうか。

「もうそんな季節かー」

しみじみと言いながら貝塚は缶コーヒーを机に置くと悦子の隣の席に腰を下ろした。

「仕事の邪魔なんですけど。米岡帰ったって言ったじゃん」

「いや、じゃあおまえでもいいや。飯食いに行こうぜ」

「あんたたち編集者が食べに行くような上等な飯屋で支払えるほどのお金がございませんのワタクシ」

「奢《おご》ってやるよ」

「やだもう貝塚さんたら太っ腹！」

秒速で赤ペンに蓋を被せ、悦子は立ちあがる。呆れ顔で見あげる貝塚の視線を無視し、さあ行きましょう、と満面の笑みを湛《たた》え促した。

本郷の失踪事件がとんでもない話になっていた。事件でもなんでもなくただ恥ずかしいから隠れているだけなのに、今、本郷は「妻から逃れて愛人と逃避行中」ということになっているらしい。妻を刺し殺し山中に埋めて逃げているという話すら浮上しているという。本郷の二冊目の本がまんまそんな話だった。さすがに自分で書いた話と同じ行動は取らないだろう、と編集者は思わないのか。

「奥さん、嫉妬深いからなあ。仕方ないっちゃ仕方ないんだけどな」

「……」

言いたいことがいっぱいあるが、悦子はビールと共にすべてを腹の中に飲み込む。

「……その、一緒に逃げてる愛人って、誰なの？」

「元赤羽のホステスって話だけど、俺らも詳しい話は知らないんだよね」

赤羽というあたりが悲哀を誘う。銀座は無理にしてもせめて六本木にしておいてやれよと思う。本当はいないんだ、愛人なんて。という少し淋しそうな本郷の言葉を思い出す。実在しない愛人に思いを馳せる貝塚の横で、悦子はドロドロに崩れた豚の角煮をレンゲに掬《すく》って啜《すす》る。もうちょっと良い店に連れてきてもらえると期待していたのに、貝塚が向かった先は普通の居酒屋に毛が生えた程度の店だった。

「作家って大変だよねえ」

「え、おまえみたいなゆとりでも作家の大変さが判るの？」

「ゆとり関係ないし。だって本郷先生、そういうイメージ持たれてるわけじゃん。愛人とか。逃避行とか。そうじゃなくてほのぼのしたハートウォーミングな下町小説とか書いてて、子供がいて家庭円満で、奥さんの尻に敷かれてるタイプの男だったら、編集者だってそんなふうに思わないでしょ？」

「まあ、そうだけど」

「で、作家もさ、そういうイメージに応《こた》えなきゃいけないわけでしょ。もしかしたら本郷先生、本当は愛人とかいないかもしれないし、実は意外と普通の人だったりしても、読者や編集者にそれを悟られると失望されるかもしれないから、演じつづけなきゃいけないわけでしょ。なんか、大変だよ、そんなの」

汁だけになった角煮の小鉢を、行儀が悪いと判りつつ直接口につけて啜った。大した店じゃないけど、美味しい店だった。空になった小鉢をカウンターに戻し、やっと出てきた出汁《だし》巻き卵を取り分ける。アナゴが入っているやつだった。嬉しい。

もくもくと卵焼きを咀嚼《そしやく》している悦子を見ていた貝塚が、「おまえ、もしかして何か知ってるの？」と眉を顰《ひそ》めて尋ねた。

「何も知りませんけど」

「だっておまえ、前に先生に会ったときぜんぜん興味なかっただろ、むしろ嫌いなタイプだろああいうの。それなのにどうして庇《かば》うようなこと言うの？」

「どうしてあんたに私の好きなタイプ嫌いなタイプが判るの？　私の何を知ってるの？」

「……」

黙り込んだ貝塚の横で悦子は卵焼きをすべて平らげた。そして貝塚がトイレに立ったとき、カウンターの中からシェフというのか板前というのか判らないタイプの料理人が馴れ馴れしく声をかけてくる。

「おねえさん、さっきの、あれはひどいよ」

貝塚は常連だとしても悦子は一見《いちげん》だ、そのあたりを弁《わきま》えてほしい。という気持ちが表に出て、答えた声には棘が混じった。

「なんでよ」

「貝塚さん、たぶんおねえさんのこと好きよ。よく話してるけど、『違う部署にいる生意気な小娘』ってあなたのことでしょ、おねえさん」

……はぁ⁉（棘霧散）

「……というようなことがあったんですが、私もしかしてモテ期来てるんじゃないでしょうか？」

「えー、どうでもいいですーていうか、そんなイヤな男、モテにカウントしちゃだめ。しかも文芸の編集者でしょ、ありえない」

心底興味なさそうに森尾は鴨南蛮うどんを啜った。なるほど、ダメか。そりゃそうだ。

「だいたいさー、文芸の編集者の男ってみんな偉そうじゃない？　うちのカルチャー面に書評載せてくれって頼みにくるときだって、すんごい上からな態度だし、赤字部署のくせにプライドだけは高いとかマジ最悪。うちの読者モデルとの合コンとかいったら胸と股間膨らまして大喜びして来るくせにさ、うちらのこと赤文字雑誌ってだけで下に見てんの。そんなのにモテたって嬉しくもなんともない」

「ああ……うん……」

それは女性誌の編集者の見た目が怖いから、負けないように虚勢を張っているだけなんじゃないのかしら、と口を挟む暇もなく森尾はつづけた。

「ねえそれよりマジで企画がネタ切れてるんだけど、なんか案ちょうだい案、あさって会議なの」

目の下の青黒いクマに鬼気迫るものを感じ、悦子は即座に答えた。

「『プチセレブな逃避行』とかいうグルメ旅行企画。もしくは都内のプチセレブなホテルで自分にご褒美企画、インペリアルとか」

「プチセレブから離れなよ貧乏くさい。しかもインペリアルって、うちの読者には絶対に手が届かないよ」

「そうかなあ？　いまどきの女子大生って愛人やってる子とか減ったの？　じゃあアフタヌーンティーとかだけでも。それに併せて『ちょっぴり背伸びしてインペリアルショッピングプラザでプチセレブなお買い物体験』とか」

「だからプチセレブから離れなって。一応いただいとくけど。逃避行ってなんかいいね、きゅんとする」

森尾はポケットからスマホを取り出し、メモを取る。そして遠い目をした。

「……逃避行じゃなくて逃避がしたい……」

「あんたがいなくなったら私が代わりにそっちに行きますけど」

「無理。プチセレブとか愛人とかいう単語出す時点でうちの雑誌的に終わってるよあんた」

女性誌って難しいなー。と白々しい台詞《せりふ》を吐きつつ、カレー南蛮うどんの汁を飲み干し、箸を置く。同時に箸を置いた森尾がふと怪訝そうな顔をして尋ねた。

「でも珍しい。なんで旅行企画？　いつもなら服のことしか話題に出さないのに」

「ああー……。なんとなく？」

うっかりと脳内に留まっていたことが漏れ出てしまったことに今更ながら冷や汗が浮かぶ。文芸関連の編集者がこの店にいないことを願う。

「もしかして彼氏できた？　あのモデル？　抜け駆けは許さないよ？」

そんなありがたい誤解に冷や汗は引っ込んだ。

「あのさー、バレンタインデーにさー、チョコレートを渡したいんだけどさー、どこのを買えばいい？　今井ちゃんは真剣に聞いてくれなかったの」

「モデルにチョコレートとか、バカなの？　こんにゃくゼリーでも渡しなさい。体型維持が大変なんだから、ショーモデルは特に」

　でもキャラメルマキアート飲んでたよ、という反論はしないでおいた。爪楊枝で歯の間を少し掃除し、店を出て社屋に戻る。昼休みが明けて十分後くらいに貝塚がやってきた。昨日の今日で、米岡に用だろうと思っていたのだが、米岡と少し話したあと、何故か彼は悦子の肩を叩いた。

「ちょっといいか」

「よくない、仕事中」

　昨日の料理人の言葉を思い出し、告白でもされたらたまったもんじゃないので悦子はいつも以上に冷徹に返した。それでも貝塚は果敢に話しかけてくる。

「おまえ、先週、インペリアルホテルにいなかったか？」

「いましたよ。近所の不動産屋と一緒に」

「え？　男？」

　裏返った声を出した貝塚の顔を見て、これはもしかして本当に惚れられているのではなかろうかと思った。モテたいけど、森尾の言うとおりこれにモテてもぜんぜん嬉しくない。

「いなかったかって、見たわけじゃないの？」

「いや、俺じゃなくて作家と打ち合わせしてた先輩がおまえのこと見たって」

だったら一緒にいた人物についても伝えてほしい。

「タルトタタンを食べにいっただけです、近所の不動産屋女子と一緒に」

気のせいだろうがほっとした表情を一瞬見せた貝塚はすぐに顔を戻し、「本郷先生は一緒じゃなかったんだな」と詰め寄り言った。不意を突かれ、自分でも目が泳いだのが判った。

「……違うよ？　不動産屋だよ？」

「……インペリアルにいるんだな？」

「違うって言ってんじゃんよ！」

「判りやすすぎんだよ、言動が。普段なら『関係ないでしょ』とか言うだろおまえ」

そうなの？　うしろを振り向いて米岡に助けを求めるが、米岡も眉尻を下げて頷《うなず》く始末だった。

「部屋番号は？」

「知らないよ！」

「1228だよな？」

「知ってるなら訊かないでよ！　ていうかなんで知ってるの！」

「思い出の部屋としてエッセーに書いてあったから、昔の」

バカじゃないの、あのオッサン！　バレバレじゃんか！


しかし、本郷はその部屋にいなかった。留守、というわけでもなく既にチェックアウトされており、従業員の好意により部屋を検《あらた》めさせてもらったが、がらんとした部屋は既にほかの客を受け入れるためのベッドメイクも済んでいて、手がかりになるようなものは何も残されていなかった。

「なんで言わなかったんだよ」

部屋を出た扉の前、稀《まれ》に見る怖い顔で貝塚は悦子に詰問する。

「言うなって言われたから」

「俺は教えろって言っただろ」

「本郷先生は言うなって言った。私にとってはあんたと本郷先生、どっちが偉いの？」

「……どっちだろう」

真剣に考え込む貝塚をその場に置いて悦子は歩き出す。慌てて貝塚が追ってくる。

「ここまでバレたんだからぜんぶ教えろ。なんで先生いなくなったんだ」

「あんたの口で止められる？　他の会社の人には言わない？」

「言わない」

「じゃあナポレオンパイおごって、下のラウンジで」

我ながら安いな、と思いつつも、昼のカレー南蛮の量が異様に少なかったので腹が減っていた。ラウンジの一番奥の座席に案内してもらい、悦子はパイが来たあと、なりゆきを話した。おそらく愛人はいるが、愛人との旅行ではない、と、一応本郷の「男の沽券《こけん》」および「本郷大作の作家像」を守りつつ。

「奥さんの置き手紙は？　なんて書いてあった？」

「『もうガマンのゲンカイをコえました。あなたの浮気相手達にお会いしてきます。ルスはどうかお好きになさって。亮子』今ヘンな発音にしたところは漢字が間違ってたところね」

「それ、まんまか？」

「うん」

「じゃあ、赤羽にいるのかな……」

いや、だから赤羽のホステスは編集者が勝手に作りあげた架空のものですよ。とも言えず悦子はフォークにパイを刺し口に運ぶ。

「あのさあ、私はただの校閲だから編集者様のやることに口挟める立場じゃないのは判ってるんだけどさあ」

一応、そう前置きをして悦子は口の中のものを飲み込んだあと言葉をつづけた。

「今すぐ捜さなきゃいけないものなの？」

「いや、奥さん殺して山中に埋めたわけじゃなければ今すぐ捜さなくても大丈夫だと思う、うちの会社は。ただなあ、冬虫夏草と明壇がなあ」

一応、連載としては二番目くらいの「人気連載」らしく、できれば穴を空けたくない。悦子は知らなかったのだが、この「穴」が空いた場合、それまで預かって寝かせていた無名の新人の原稿などを載せなければならないらしく、また、寝かせていたのにはそれなりの理由があり、それなりの理由というのは、編集者が忙しすぎて作家に原稿受理連絡ができず連絡取るのが気まずい、とか、作家が書き直しする気がなくやる気を出させるのがめんどくさい、とか、悦子的にはどうにでもなるだろそんなもん、という類《たぐい》のものだったが、編集者様のやることに口挟める立場じゃない、と言ってしまった手前、出かかった言葉は呑み込んだ。

「奥さん見つかるまで、あんただけでも、放っておいてあげたら？」

「うん……」

パイの最後のひとかけを口に含んだとき、右斜め前方から視線を感じた。顔をあげる。そしてヘンな声が出た。

「ふぉっ……」

「やっぱり、河野さん」

華やかな笑顔を向けてこちらへやってくるアフロのイケメン。慌てて咀嚼してコーヒーで口の中のものを流し込む。嗚呼、本当に、なんてかっこいいんだろう。目の前の編集者がゴミに見える。

「えっ、是永さん？」

当然ながら、景凡社に出入りしている是永のことを貝塚も知っていて、慌てて立ちあがり、あれっ？　という顔をして悦子と是永を見比べた。

「なんで知ってるのおまえ」

「ちょっといろいろありまして」

前回ショーに行ったとき交わした「今度一緒に飲みましょう」の口約束はまだ実現されていない。従って、あの日以来の再会だった。

「米岡さんはお元気ですか？」

「はい、相変わらずです」

「え、なんで米岡のことも知ってるんですか？」

黙ってろ！　と心の中で貝塚を罵倒《ばとう》し、悦子は是永に精一杯の笑顔を向けた。

「打ち合わせで、さっきまで。あ、是永じゃないほうのですけど」

文芸部長以外には素性を明かしていないらしく、是永はちらりと貝塚を見たあといたずらっぽく笑った。その顔のイケメン具合に眩暈《めまい》がした。

「私は、なんか、打ち合わせでもないんですけど」

「あ、自分、明日からちょっとフランス行くんです。お土産、何がいいですか？」

オーディションなんで会社には黙っててくださいね。と、口を耳元に寄せて囁《ささや》かれたりしたものだから、悦子はそのままへたり込みそうになった。

「な、なんでもいいです、是永さんの選んでくださったものなら」

「じゃあ、帰ってきたら会いましょうか」

そのあと、何を話したのか憶えていなかった。貝塚になんだかごちゃごちゃ言われながら会社に戻り、答え合わせのつづきをマシンになったつもりで務め、最後の一枚の最後の解答に力いっぱいバツをつけたあと、改めて先ほど入力した携帯電話のスケジュール表を見た。

会いましょうか、と是永に言われ、指定された日は二月十四日。紛れもなくバレンタインデーだった。

第五話

校閲ガール
〜ロシアと湯葉と
その他のうなぎ

悦子の研修メモ
その5

【版元】「○○の版元」という使われ方をする。その本を出している出版社のこと。あみもと的な。あみもとって？　かに道楽？　あとでしらべる

午前九時、景凡社の校閲部は全員が出社する。文芸も雑誌も学術も全員だ。編集部から異動してきた者はこれが一番きついという。作家やライターなど直接原稿をやりとりする相手の生活に合わせて仕事をするため、編集者は比較的朝が遅い。しかし校閲は朝の九時から皆が出社し、手を入れるべきゲラに向かう。部署内はとても静かで、一時間に二度ほど、澄んだ薄氷の張った湖面を叩き割るがごときけたたましい電動鉛筆削り器の立てる音にびくりと肩を震わせるくらいだ。そして校了日以外は皆午後六時に退社する。

雑誌校閲に異動して二ヶ月半の悦子は、ベテランの揃う雑誌班からは戦力として扱われておらず、比較的楽な原稿の校閲を任されていた。連載の歴史小説には監修が付いており、入稿の前に監修者の手が入る。その状態で回ってくるし、間違いがあっても単行本化されるときに直せる。

というわけで二月十四日午前九時四十分現在、景凡社の雑誌校閲部員（戦力外）である河野悦子は紀尾井町ではなく寒風吹きすさぶ東京駅の二十三番線ホームにいた。

「バカじゃないの！　本当にバカじゃないの！　私今日デートなのに!!」

比喩でなく目に涙を浮かべ、悦子は天道眩《てんとうまばゆ》い日本国の中心で愛からは程遠いものを叫ぶ。風に舞いあがる砂塵《さじん》は朝日を受けてダイヤモンドダストのように輝いていた。

おそらく今、ここはロシアより寒い。

こう‐えつカウ‥【校閲】しらべ見ること。文書・原稿などに目をとおして正誤・適否を確かめること。「原稿を―する」

『広辞苑』より

遡《さかのぼ》ること一日、即《すなわ》ち二月十三日、表向き本郷大作が失踪してから二十日目のことだ。

その日は本郷が連載している冬虫夏草社の文芸誌の最終期限だった。既に明壇社の連載のほうはタイムリミットが過ぎ、四日後には休載のお知らせと、名も知らない新人の読み切りが掲載された号が発売される。そして『週刊K-bon』のグルメ連載原稿のストックも、この週で切れた。

　更に遡ること十日前、インペリアルホテルで「妻捜しを手伝ってくれ」と言われたあと、一度本郷の自宅に行って家捜《やさが》しをし、「手がかりになるようなものは何も見つからなかった」と答えたのだが、あのあと、悦子なりに情報を整理していた。もし本郷に『Every』へのツテがあるのだとしたら、逃してはいけないと思ったからである。

　まず、本郷の妻は一文字も逃すことなく夫の著作を読んでいる。そして生活のすべては夫の至近距離で完結している、要するに、夫以外の人と外出をすることがほとんどない。夫に付随する以外の情報源もない。インターネットの使い方を知らないし、テレビもスコップの出演ドラマと映画以外ほとんど見ないというから、唯一の情報源は、自分が好きで買っている雑誌『Every』と、夫が連載している、および夫のインタビュー記事の載った雑誌およびクレジットカードの会報誌の類だ。

　また、妻の実家は東京都であり、実家の両親は既に他界している。従って「実家に帰らせていただきます！」はまずない。そして驚いたことに彼女は悦子の出身大学「聖妻女子大」の先輩だった。これはあとから貝塚に教えられて知った。悦子は大学からだが、本郷の妻の亮子は中学からだという。これも本郷の「昔のエッセー」に書いてあったそうで、最近その事実に気づいた貝塚は悦子に「Fラン」呼ばわりしたことを顔を青くして詫びた。そして悦子はエッセーのコピーを読んだとき、なんだかんだ言いながら妻大好きだなあのジジィ、とちょっぴり毒づいた。

今でこそ悦子みたいのが卒業してしまっているが、本郷の妻の時代はまさに良妻賢母を育てるための、家政科と国文科しかないような大学だった。だとしたらこの封建的な妻像は納得できる。

——ねえ、先生の奥さんが一番好きな本ってどれなの？

時は戻り遡ること六日前——というかここに記述している日数はまったくもって重要じゃないので特に念入りにチェックしなくても構わない——悦子は貝塚に尋ね、貝塚はデビューから数えて十四冊目の『蝶の瞳』だと答えた。残念ながらこの本は大して売れなかったらしく、単行本、文庫ともに絶版になっており、たいへん不本意ながら貝塚所蔵のものを借りた。

驚いたことにこの本はミステリーでもエロでもなく、否、エロはあるものの、ミステリー要素の希薄な恋愛小説だった。ああ、女ってこういうの好きだよな、と思いながら悦子は斜め読みした。斜め読みしつつもルビの位置や句読点の使い方が気になって仕方なかったため、結構な時間を要した。

――フランスに行きたいの、とたびたび蝶子は言う。私は申し訳なく思い、彼女の華奢な肩を抱き寄せることしかできない。蝶子の目はあと三年で完全に光を失う。タイムリミットはあと三年。しかし娘が成人するまではあと五年ある。妻との間に既に愛はないが、口癖のように「あかりが成人するまでは、一緒にいてもらいますからね」と彼女は繰り返す。

蝶子の視力が失われ始めたのは一年前だ。最初はただの疲労だろうと気にも留めていなかったという。しかし診断を受け、進行性の眼病であることが判明し、自暴自棄になった彼女は私と一夜を共にした――

……共にする気力あるか？　この状況で？

というタイプの素朴な疑問がたくさん浮かぶ小説だったが、結局主人公は妻子を捨て、心中覚悟《しんじゅう》で蝶子をフランスへ連れて行く。パリのミシェル・ロスタンでトリュフやクネル、アルザスのオーベルジュ・ド・リルでサーモンのスフレ、ブルゴーニュのラ・コート・ドールでカエルやスズキ、更にシャンパーニュのレ・クレイエール、ロアンヌのトロワグロ、アキテーヌのロジェ・ド・ローベルガード。視力を失う前にすべてを見せてやりたいと、主人公は逃亡犯のように蝶子を連れて一日単位で移動を繰り返す。各地での食ったもの、見たもの、買ったものの描写がたいへん細かく、費用全額出版社持ちで取材という名の食い倒れ旅行をしたんだろうな、と思う箇所が満載で、なんだか自分の給料明細に印字された額を思い出すとやりきれなくなった。青リンゴのクリスタルってなんだよ。そんなの私も食べたいよ。

と同時に、なるほど、と納得もした。本郷の妻は必ず編集者との打ち合わせに同席する。おそらくこの取材旅行も、妻同伴だった。海外が舞台の小説はこれ以外には存在しないのと、近頃は景気が悪く、そうとう売れている作家でないと出版社が海外に連れて行ってくれるなどということはなくなったため、彼女にとってこの一冊は、思い出の一冊なのだろう。だから一番好きな本なのかと。

出てくる食べ物がみな美味《おい》しそうで、悦子はいちいちすべてネットで調べた。勢いづいて、なんとなく手持ちの本郷の著作に出てくる食べ物に関しても書き出してみた。鱧《はも》の焼霜《やきしも》、伊勢海老《えび》の長寿汁、すっぽん雑炊、クエの刺身、鴨せいろ、てっちり、このわた。校閲では「この料理は本当に存在しているか」を調べるだけであまり意識していなかったが、わりと食に関する描写が細かかったことに改めて気づく。意味ないだろうに。

　そして、ありとあらゆる高級食材を食べ尽くしているにも拘《かかわ》らず、唯一、ただの一度も出てこない高級食材があることに気づいた。それが「鰻《うなぎ》」だった。

　――もう我鰻のゲンカイをコえました。

　という亮子の書き置きが悦子の脳裏に鮮明に蘇る。

　あれは、もしかしてヒントだったんじゃないだろうか。

　と貝塚に社内メールで伝えた。書き置きの内容を伝えたときは、単なる誤字連発のひどい書き置きだと思っており、文字の詳細は伝えていなかったのだが、藁《わら》にも縋《すが》りたい溺死寸前の貝塚は悦子の発言に飛びつき、校閲部まで息せき切ってやってきた。これが、二月十日のことである。なおこの日付も大して重要じゃない。

「鰻だと⁉」

「うん、うなぎ。接待で食べたことないんじゃない？」

「いちいちぜんぶ何食ったかまで憶えてねえよ！」

「知らないよ！　私に言わないでよ！　ていうか手帳に書いとけよそれくらい！」

　というやりとりをしたのち、貝塚は他社の本郷を担当している編集者に連絡を取った。そして校閲部に舞い戻ってきた。

「やっぱり誰も鰻食ってねえって！」

「いちいち報告しなくていいよ！　私あんたと違って仕事中なんだよね！」

「俺だって仕事中だよね！」

「うるさいよ！　貝塚おまえ自分とこ帰れ！」

普段は温厚なエリンギ（部長・最近髪の毛が伸びてフクロダケっぽくなってる）に怒鳴りつけられ、貝塚は謝罪をしたあと悦子を部署から連れ出した。

「で、鰻はなんのヒントなんだよ？」

階段の踊り場で貝塚に訊かれ、悦子は大げさではなく脱力し階段から転がり落ちそうになった。仮にもミステリー作家の担当をしてる編集者が、こんなんでどうするんだ。

「接待で誰も食べてないってことは、先生は鰻嫌いなんでしょ。単純に、奥さん鰻食べに行ったんじゃないの？　本当は鰻が好きなのに、本郷先生と一緒だと食べられないから」

「そんなわけねえだろ、ひとりでどこにも出かけない人だぞ!?」

「知らないったら……」

声を荒らげる気力も既になく、悦子はどこか遠い国の言葉を聞いているみたいな気持ちで貝塚の弁論を聞き流した。聞き流していてもまったく問題なかった。

その日の業務後、四日後のデートに備え悦子は東西デパートに服を買いに行った。珍しく早く帰れると喜んで浮き足立っていた藤岩に通用口でばったり会い、「相変わらずダッサ」「ほっといてください」というやりとりをしたついでに彼女も無理やりデパートへ連れて行った。意外にも素直についてきた。

「聞きましたよ。文芸校閲から外されたそうじゃないですか」

「ああ、うん。でも相変わらず小説とコラムの校閲ばっかりしてる、K-bon で」

「なーんだ」

何が「なーんだ」なのか判らないままふたりでデパートのエントランスを入り、バレンタインデーに向けた「チョコレートパラダイス（特設会場）」の鮮やかな宣伝が目に痛いほどのエスカレーターに乗っている最中に藤岩は「そういえばあの本、読みましたよ」と言った。

「どの本？」

「マドモワゼル登紀子さんのエッセー」

「フロイラインな」

「ああいう世界もあるんですね。私には縁がないけど」

まさに悦子が藤岩に対して抱いた感情と同じ、というか真逆の立場だけれども、そんな感想を聞いて悦子は複雑な気分になる。

「どう思った？」

「面白かったです」

あまりにも意外な言葉に悦子はエスカレーターから降りるタイミングを間違えてつんのめった。

「マジで？　あれ読者の評価低いよ？」

「知ってますよ。でも少なくとも私は、外見とかちゃんとしなきゃダメなのかもなって思いました。少なからず外見で評価されることもあるだろうし、ああいう世界を知っておいたほうが、バブルを経験なさった年配の先生とお話しするときは便利だろうなって思ったし、今はこんな不景気だけど、自分が歳を取ったとき、もしかしたら時代が変わってるかもしれないって。そういうときに、恥ずかしくないようにしておかないとなって」

きっとファッションも文学と同じで、良質なものが長く愛され、のちの世に伝わってゆくのなら尊《とうと》ばなければならないと思う、と、ゆっくり歩きながらも悦子の顔を見て話す藤岩を、悦子は雪が解けるような思いで見返した。頭の良い人、というか、東大に入れるくらいの努力ができる人というのは根っこからどこか違うのかもしれない、と思う。頭の固いダサい女だと思っていた藤岩は、今の自分が受け入れることのできなかったフロイライン登紀子の文章を、将来を見据えて受け入れた。頭の凝り固まった人ではできない業《わざ》で、突如彼女が輝いて見えてきた。

「……藤岩さん、なんか、すごいよねえ」

「今ごろ気づきましたか、遅いですよ」

「でも相変わらずダサいよねえ」

「だから今日一緒にデパート来たんじゃないですか。さあ選んでください、私に似合う服を！」

と言って藤岩は、トップオブ「良質で長く愛されている」ブランド、シャネルの前で立ち止まった。両隣はフェラガモとエルメスである。

「いや、ここはさすがに無理だ、ていうかこのフロアは全体的に無理だ！」

悦子は慌てて藤岩の手を引き、ワンフロア上を目指すためエスカレーターへと導いた。

藤岩の「おしゃれ入門」は、セレブファッショニスタの第一人者である登紀子様の本だった。したがって「普通の服」の料金相場をまったく理解していない彼女は、キャリアOL向けのフロアで付けられた値札に「こんなに安いんですか！」と刮目《かつもく》し、驚くほどの勢いで次々に服を買っていった。シャネルとかプラダとかそのあたりの価格帯を覚悟していたのだろう。六万円のスプリングコートを店員に差し出すダサい同期に、安くはない、それは安くはないぞ藤岩、と言う間もなく店には蛍の光が流れ始め、結局その日は彼女の買い物に付き合って終わった。

人はえてして自分を中心に物事を考える。藤岩にとっては藤岩の日常が常識であり、悦子にとっては悦子の基準が常識だ。互いの常識を超えてふたりで食べた夕飯は結構楽しかった。

「今ごろ気づいたのか、遅いよ」

「昨日それ同じこと藤岩さんにも言われましたわ森尾さん」

翌日、休日出勤していた森尾に、取材と取材の間が四時間空くからヒマだと表参道に呼び出され、ふたりしててんこもりの春服を買った帰りのカフェでの会話である。

「校閲ってほんとに外部から守られてるんだねー」

ポークジンジャープレート（という名の豚の生姜焼き定食）の付け合わせのレタス

をフォークの先でつつきながら森尾は眉尻を下げ悦子を見る。

「嫌味？」

「ううん。同じ会社にいるのにほんとに違う仕事してんだなって思って」

「どういうこと？」

「まあ悦子なら調べ尽くしてると思うけど、雑誌って外部との交渉が多いし、その中にはヘンな人もいるのよ、ていうか普通の人なんていないのよ」

「ふーん」

「業者だけじゃないよ、こないだ一ヶ月着まわしコーディネートのページにクレームの電話かけてきた読者がいてさ。『私の一ヶ月をどこで見てたんだ！　勝手に私の生活を監視するな！　訴えてやる！』って」

「うーわー、怖い」

「そういう経験、ないでしょ、校閲にいると」

ないけど所属部署がそもそも「正しい日本語を極限まで追求する」という、悦子の理解を超えている部署だし、よくやりとりをする編集部の貝塚は人としてアレだ。言い返そうとしたがうまく説明できる気がせず、悦子は口を閉じてただ頷《うなず》いた。

自分の生活してきた環境では考えられないような個々の「常識」を見ざるを得ない

場所が編集部だ、と森尾は言う。たしかに悦子は景凡社の校閲で自社の仕事の仕方が常識だと思っているが、噂によると校閲指示書が存在しない会社もあるらしいし、景凡社では文芸書一冊を見ているときはそれしか見なくて構わないけれど、最大手などだと三冊四冊同時に見なければならない会社もあるという。以前、文字組みが詰まりすぎてて原稿の黒さに目が痛くなる、と愚痴をこぼしたとき、「わたしたちはまだ恵まれてるんだよ」と米岡に諭《さと》された。

「で、そんなことよりあのモデルとどうなったの」

森尾はおもしろくなさそうに尋ねた。悦子は満面の笑みと共に答える。

「聞きたい⁉　ねえ聞きたい⁉　明々後日《しあさって》デートなの！」

「マジで⁉　え？　十四日⁉　バレンタインデーじゃん！　こんにゃくゼリー買った⁉」

「買ってない！」

こんにゃくゼリーならあげないほうがマシだと思う。チョコレートなどの食べもの系は諦めて、服飾系で何かプレゼントを探そうと思っているものの、まだ決められないでいた。

そして翌日のバレンタインデー二日前、通用口でばったり出会った今井に「ちょうど良かった、ねえオシャカワ！　話聞いてくださいよ！」と憤慨した顔で詰め寄られ、ついに面と向かってオシャカワ（オシャレで可愛い、ではなく、オシャレしてても無駄で可哀想）と言われたことにナントカを禁じえない感を覚えつつ、断りきれずにふたりでタクシーに乗り代官山まで行った。ついでにラブレスに今井を付き合わせ、「マックイーンかペラフィネ着せときゃいいんじゃないですかぁ？」という雑な助言は無視し、ヴァンアッシュのシャツを買った。プレゼントは悩みすぎるといつまでも悩んで最終的に決められなくなり、ビックリするほど無難な選択をしてしまうものだと思う。そうなる前で良かった。

ここ二日の外食とプレゼントによる金欠を宣言してファストフード店に入り、なんだか懐かしい気持ちでコーラを片手にチーズバーガーを食べながら、悦子は今井の愚痴を聞いた。

彼氏が今井に内緒で女子大生との合コンに行ったのだという、死ぬほどどうでもいい内容だった。が、ここ二日の教訓をふまえて、悦子にとっては死ぬほどどうでもよくても今井にとっては生死を分かつほどの大問題なのかもしれないと思い、なるべく真剣な面持ちを崩さぬように聞いた。結果、本当に死ぬほどどうでもよかった。彼氏が金持ちで不自由してないってだけでありがたがればいいのにと思う。半ば念仏を聞いているような気持ちでいたら、今井が眉間に皺《しわ》を寄せた。

「……どうでもいいと思ってるでしょ」

「いや、別に」

「顔に書いてある。森尾ねーさんに聞きましたけど、河野さん、なんか作家だかモデルだかに片思いしてるらしいじゃないですか。さっきのシャツもそれでしょ？」

「ああ、うん……」

「片思いとかヌルいことしてる人には判んないんですよ、私の気持ちなんか」

「じゃあ話し相手に私を選ばないでよ」

「だってほかに見つからなかったんだもん、ヒマな人が」

ヒマじゃねえよ。という言葉をぐっと呑み込み、改めて今井の顔を見つめた。顔が可愛い、というだけで生き抜いてきたタイプだ。もしかして心の中は難しいことを考えているのかもしれないけれど、それを表面には出さない（たぶん本当に難しいこと考えてない）。

ふと、こういう子だったらどんな発想をするのだろうと思い、悦子は尋ねた。

「ねえ、もし彼氏が浮気してる場合、今井ちゃんならどうする？」

「怒る」

「うん、それは判る。その先、どんな行動を取る？」

「家からたたき出す」

「え、今住んでるのって彼氏じゃなくて今井ちゃんが契約してる部屋なの？」

「契約してるんじゃなくて所有してる部屋なの。親の生前贈与で」

「……」

ほんとになんで働いてるんだろうこの子。無言になったところで、

「なんでそんなこと訊くの？　片思いなんだからまず浮気より両思いになること考えたほうがいいんじゃないの？」

と大変にむかつくことを言われ、悦子は仕方なく本郷の件を手短に説明した。

「うっわ、その女めんどくせ」

というのが今井の感想だった。誰もが思っていたことを口にしてくれたことで、不本意ながら溜飲が下がる。

「どうせ自分にも愛人がいるとかじゃないの？」

「いや、確実にいない。ていうか浮気する余裕なんかない」

「じゃあマジで鰻でも食べに行ったんですよ、宮崎あたりに。あーいいな私も行きた

い。なんでこの歳になってまで私マックでてりやき食ってるの」

「……もう一回言って？」

「なんでこの歳になって私マックでてりやき食ってるの」

「それより前、鰻の。宮崎って、どっかの店の名前？」

「ああ、違います、九州の。鰻っていったら浜松みたいに東京の人は思うみたいだけど、九州のほうが実は水揚げ量多いんですよ。たしか鹿児島が日本一だった気が。しかも安くて美味しいの。知らなかった？」

知らなかったし、そんな情報を今井の口から知らされたことのほうに驚いた。

そして、何かの歯車がはまったかのごとく、悦子の頭の中では本郷の家で手がかりを探したときにチェックした雑誌や本のページが、洪水のように目まぐるしく蘇った。ドッグイアされていた『Every』のグルメページ、クレジットカードの会報誌。その中で鰻屋、しかも九州の鰻について取り扱われていたページは、『Every』の二〇一二年十月号ただひとつだけだった。秋の九州を満喫、というページ。秋の九州なんて台風ばっかりで満喫もなにもないんじゃないかと思ったため、記憶を辿ればそれは簡単に思い出せた。

「大木淡水……」

「ああ、直営の食堂ありますよねあそこ」

「なんでそんなに詳しいの」

「彼氏と一緒に行ったことがあるから」

という発言がきっかけで、また今井の話題は彼氏が合コンに行った話に戻った。


鰻を食べるために九州に行きながらも、マックのてりやきとチキンナゲットも美味しそうに食べる今井はとても良いお嬢さんだと思ったので、悦子は素直にそれを言葉にして伝え、彼氏はそんなことしつつあなたのことが大好きだと思うよ、とも付け加えた。今井は意外そうな顔を見せながらも、照れくさそうに笑った。そして目の前でみたらし団子を食べるお嬢さんが、方向性は真逆だが根っこは今井に似てるなと初めて気づく。

「奥さん見つかったの？」

「奥さんどころか先生まで行方不明だよ、携帯つながらないし。ていうかなんでこんな遅い時間にうちに来てるの、私寝たいんだけど」

「お母さんと喧嘩したの」

「中学生かよ……」

今井と十一時までマックにいた。日付が変わる間際に家に帰ってきたら加奈子がいた。

「うちのおにいちゃんの嫁がさー、めちゃくちゃできた人でさー。で、その嫁が来るたびにお母さん、あたしと比べるんだよね。大人なんだからもっとしっかりしろって。その嫁がしっかりしすぎなんだっつうの。あたしのほうが普通なのにさー、やんなっちゃう」

「私もう今日はそういう話聞きたくないんだけどなー……」

やんなっちゃう、はこっちの台詞《せりふ》だ。加奈子に構わず着替えて化粧を落とし、悦子は先日教えられたばかりの貝塚の携帯電話にメールを打った。もしかして九州にいるかもしれない、大木淡水の直営食堂に立ち寄ったかもしれない、と。ただ、妻がいなくなってからもうだいぶ時間が経っているため、手がかり程度に考えてほしい、と付け加えた。

普通に考えればこれは警察に行方不明者届を出してもいい事態だ。事件になったとしてもK-bonなどのゴシップ週刊誌の類《たぐい》は、自社の文芸と付き合いがある限り、作家のスキャンダルはぜったいに載せない。元芸能人だとか元風俗嬢だとか、そういう文芸以外のなんらかのオプションがある作家の場合は「ホーム」が出版社ではないため容赦なく掲載するが（是永がモデルであることを公表してないのはおそらくこれが原因）、そうでなければ作家の起こした事件は表に出ない。なんの問題もないのに。

最後の一本となったみたらし団子をもらって食べていたら、メールの返信が来た。

「明日店に連絡してみる」

ありがとう、くらい書けよ。悦子がモヤっとしていたところに、加奈子が「大人になるって難しいよね」と溜息交じりに哲学的なことを言い、ほんとにそうだな、と思う。ありがとうも言えない大人にはなりたくない。もう大人だけど。

深夜一時過ぎに加奈子は家に帰った。ひとりになったあと、貝塚のメールを見直し、改めて諦めと怒りが湧いてきた。悦子は疲労した重い身体を引きずって二階に戻り、PCを開く。ありがとうと言わせたいわけではないが、ぎゃふんとは言わせたい。鰻、回る、越える、溜まる。本郷はミステリー作家で、その妻は本郷の作品を欠かさず読む。あの誤字にもしすべて意味があるのだとしたら。そして「浮気相手」に意味があるのだとしたら。何か糸口を探せないものかと悦子は明け方まで調べた。

そして、バレンタインデー前日。業界的には冬虫夏草社の文芸誌で、本郷の原稿が落ちる。悦子的には、そろそろ是永は飛行機に乗ったころかしらとか、お土産はなにかしらとか、いやいやお土産は社交辞令かもしれないとか、ぜったいに貝塚にぎゃふんと言わせてやるとか、様々な気持ちに揺れ動き、あまり眠れずに出社した。そうしたら、机の上には今日作業する分のK-bonのゲラと共に、どう考えても女性誌と思われるモノクロページの出校が積んであった。興奮に毛穴が開く。

「それ、さっき『どうしよう間に合わない!』って髪振り乱した森尾さんが置いてったよ。今日の十四時までだって」

少し前に出社していた米岡は、徹夜明けの森尾に泣きつかれたそうだ。先月、編集長指示で調整係が外校《そとこう》の業者に常軌を逸したスケジュール的無理難題を押し付け、怒られ、今回は仕事を受けてくれなかったという。ということは、これも相当常軌を逸したスケジュールだということだ。

「できる?」

「できる! こっちはまだ締め切りじゃないし!」

初めて手にするファッション誌のゲラは、しかしながらファッションページではなく読み物ページだった。映画と音楽と本と舞台の情報が単ページにぎゅうぎゅうと詰め込まれた肩身の狭そうなカルチャーコーナーや、ポップなイラストが添えられた読者投稿コーナー、更にはちょっと賢くなれそうな社会的な話題を噛み砕いて扱うページやお役立ちページ。読者モデルたちの月替わりの連載や、おそらく事務所に押し込まれたのであろう、まだマイナーなイケメン俳優のインタビューページも、四色（カラー）ではなくこちらのモノクロページにあった。がんばれ、と思う。中学高校時代、夢中になって読んでいた『C.C』の誌面、そのまだ世に出る前の状態を初めて見た。

『C.C』の編集部は森尾を含めて八人編集者がいる。仕事を依頼しているライターはその三倍以上の数になる。彼らが文章を書き、写真やイラスト素材を併せてデザイナーがページを組み、出力したものがこのゲラだ。文芸書も週刊誌も同じ作業だけど、関りたいと思っていた分野のゲラを前に、悦子は奮い立った。

作業の仕方は人それぞれだが、悦子はまず文字配置を確認した。これはK-bonの校閲をし始めてからより強く意識するようになった。編集部でも確認するが、校閲では生原稿のテキストと突き合わせて、レイアウト指定で抜けてしまった箇所がないかをまず確認する。次に文章を読みながらルビの初出と配置の確認をする。『C.C』は比較的ルビが多い。そして同じ文言を箇所によって漢字と仮名、意味もなく使い分けていないか、また漢字表記が複数ある言葉の場合、使い方が統一されているかをチェックし、各雑誌の基本表記に則《のっと》って使用できる漢字とできない漢字を選《よ》る。文芸では著者のルールによるが、雑誌の場合だと作家やエッセイスト以外のライターの文章はこちらのルールを機械的にあてはめ、書いた人にゲラをチェックさせるような、文芸における「著者校」は発生しない。必要な事実確認は調べたらしるしを付け、年号や固有名詞は間違いがないか、ライターおよび編集から資料が添付されていればまずそれにあたる。添付されてない、もしくは不十分な場合はできる限り調べ、判らないときは疑問出しの鉛筆を入れる。書名や公演日時、問い合わせ先の電話番号に間違いはないか、日付と曜日は合っているか。数字は見間違うことがあるので何度も確認をする。

入社して以来初めて、仕事が楽しいと思った。イケメン俳優の語っていた「思い出の作品」の発表年を調べたら、彼の語る時代にはまだないものだったので、大丈夫なのか疑問を出す。映画は「今年の新作」とあったが年が変わる前に発表されたものだ。「昨年」とするか、「今年の」をトル。読者投稿は元データと突き合わせたら、年齢・性別・職業のプロフィールデータが取り違えられているものがあった。読者には判らなくても、投稿者はショックだろう。

昼の十二時になって周りの社員たちが椅子から立ちあがったとき、自分が息を詰めていたことに気づいた。立ちあがると眩暈《めまい》がした。

「お昼行けそう?」

声をかけてきた米岡に悦子は頷き、鞄から財布を取り出す。

「微動だにしなかったね」

エレベーターホールで米岡は笑いながら言った。

「失敬な。ちゃんと手は動かしてたよ、PCで調べものもしてたよ」

「でもすごい静かだったよ？」

「普通じゃない？」

「河野っち、意外とひとりごと多いよ？」

「マジで⁉」

エレベーターに乗り込み、階下へ向かうと文芸編集部の入っている階で扉が開いた。

「やだ、どうしたのその格好⁉」

乗ってきた人を見て米岡が甲高い声をあげる。先日悦子が見立てた服を纏《まと》った藤岩だった。ボーダーシャツの上に、ネイビーのバックボタンのプルオーバー、ふわふわしたチュールレースのロングスカート、足元はあえて外してエンジニアブーツ。足元に関してはハイヒールを試着するだけで死にそうな顔をしていたので、選択肢が少なかった。しかしトータルを見ると我ながら良いセレクトだと思う。

「こないだ河野さんに付き合ってもらって、買ったんです。変ですか？」

「ううん、すごく似合ってる！　可愛い！」

藤岩は照れくさそうに、でも嬉しそうにありがとうございます、と言って笑う。

一階の自動ドアを出て藤岩と別れ、米岡と悦子は近くの喫茶店に向かった。

「いつの間に仲良くなったの？　それにすごいよ、あの子もう救いようがないくらいダサかったのに」

カレーを注文したあと、米岡は興奮した面持ちで尋ねた。

「仲良くなったのかどうか判んないけど、登紀子様の本を読んで目覚めたらしいよ」

「良かったじゃない、報われたじゃない！」

それだ、と悦子は思った。報われたという言葉が一番この気持ちにふさわしい。入社して二年近く経った。去年のクリスマスは登紀子様のせいで、否、登紀子様のせいではなく自分のせいだが、気分的には登紀子様のせいでどん底だった。それから僅《わず》か一ヶ月と少し、今日は何かに報われたと思う。何かではなく森尾、というか元は失態を犯した『C.C』の調整係によってだけど、その気持ちを、カレーを食べながら米岡に吐露した。

「初めて、仕事が楽しいって思ったの」

「だから言ったじゃない、河野っちもそのうち校閲楽しくなるよって」

「これって校閲が楽しいのかなあ。好きなものに関れたからってだけだと思うんだけど」

悦子が行きたいのは『Lassy』の編集部だが、かつては『C.C』の熱心な読者だった。今も発売日には目を通している。したがって悦子も「C.C読者」だ。自分と同じような「読者」のことを考えながら仕事ができた。

悦子は好んでは小説を読まない。今担当している『週刊K-bon』の読者でもない。だからこれまで悦子はルールに従って仕事をするだけだった。読者と校閲の間には編集部がある。読者と関るのは編集で、校閲からは読者の顔が見えない。

「好きなものに直接関るのも辛いんじゃないかな。わたしは少なくとも、編集にはなりたくないよ？　真理恵様のただのファンでいたいよ？」

「うーん、そういうもの？」

「逆に考えれば、校閲のほうが読者に近いとわたしは思う。距離が近いのは編集だけど、あれだよね。校閲ってホテルのルームメイクっぽい感じ。お客様を気持ちよくおもてなしする草の者、みたいな」

「遠いじゃん、意味わかんない、ていうか草の者って、今やってるゲラ戦国？」

「ううん、江戸幕府」

江戸でも「草の者」なのか。「忍び」ではないのか。ていうかなんで私はこんなことで感心しているのだ。

カレーを食べながら取りとめもなく「報われた」の感情の仔細を定めようとした。校閲が楽しくなったのか、一時的に『C.C』のゲラが楽しいだけなのかは、きっと明日になれば判るだろうと気づき、途中で考えるのをやめた。

午後二時、森尾を見た悦子が発した言葉は「あんた死ぬわよ!」だった。それほどまでに森尾はやつれ切っていた。倒れ込むように悦子の横に腰を下ろし、森尾は赤入れしたゲラを落ち窪んだ目でチェックする。ところどころ悦子が口頭で説明を加え、十分後、机の上で束《たば》を揃えて立ちあがろうとした森尾は再び力なくへたり込み、何故か泣き出した。

「どうしたの⁉」

悦子の声に、社員たちが驚いてこちらを一斉に見る。しかしすぐに目を逸《そ》らし、見て見ぬふりを決め込んだ。

「もうイヤだー……」

だったら代わってくれよ、という言葉を呑み込み、悦子は机に突っ伏す森尾の背中を撫《な》でた。くすんくすんと鼻を鳴らし泣きつづける森尾は、よく見ると髪の毛がべたべたでシャツの袖口も薄汚れていた。

「何日家に帰ってないの」

「……あんたとご飯食べた日、会社に呼び戻されて、それから」

そう言われれば、同じ服だった。そのあと森尾は途切れ途切れに話し出した。

「人が足りないの。仕事が多すぎるの。読者モデルがわがままなの。ライターさんの原稿が遅いの。外校さんとかデザイナーさんとか印刷所に陰でボロクソに言われるのあたしたちなの。売り上げも落ちてるの。広告部に圧《あっ》かけられるのあたしたちなの。仕方ないの、不景気だから雑誌売れないの。でも景凡社の女性誌が安っぽくなったらこの業界終わりなの。でも売れるためには安っぽくするか確実に買うファンが付いてるイケメン載せるしかないの。でもヤなの。自分のふがいなさにも力のなさにも絶望するの。ねえどうすればいいの」

答えを求めているわけではなく独り言だと判断し、悦子は彼女の背中を撫でつづけた。そして周りの社員たちもおそらくその訴えを聞き、溜息をついていた。しんと冷たく静まり返る校閲部に、しかし突如空気を読めない男の声が響く。

「おいゆとりー」

「どうしたの!?」

「空気読め痴《し》れ者ー」

「そんな言葉よく知ってたな……え？　森尾さん!?　どうしたの!?」

……もりおさん？

なんで名前知ってるの？　おまえらのどこに接点があるの？　驚いて悦子は振り向き、貝塚の顔を見遣《みや》る。隣の森尾はそれをきっかけに手の甲で涙と鼻水を拭い、吹っ切れたように立ちあがった。

「文芸の人には関係ありませんから。ご心配なく」

「え、でも」

「ありがとう悦子、本当に助かった。本当にありがとう」

「どういたしまして。こんど化粧品サンプル回してね」

森尾は頷き、ゲラの束を抱えなおすと小走りに部屋を出て行った。そのうしろ姿を目で追ったあと、そわそわと貝塚が訊いてくる。

「なに、どうしたの森尾さん」

「文芸の人には関係ありませんから。で、あんたはどうしたの」

「あ、そうそう、昨日教えてもらった店、電話かけたんだけどそれらしい夫婦が一昨日《おととい》来たのを店員が覚えてたって」

アドレナリンがなんだか判らないしその色やにおいも知らないが、貝塚の発言を聞いて、身体の中のどこからか肉色のアドレナリンがマスタードのにおいを放って大量放出されたのを感じた（たぶん語感がアルトバイエルンに似てるからだと思う）。嗚呼、美味しいソーセージが食べたい。

「ふーん。いいなーうなぎ。私も食べたいなー」

必死に無表情と無関心を装って、悦子は椅子に座り伸びをすると欠伸《あくび》を搾り出した。何気《なにげ》ないように見えただろうか、見えたはずだ、見えててくれ。

「そうじゃねえだろ。とりあえず手がかりはあったけど、今は別の場所に移動してるんじゃないかな」

「そうだろうね。一昨日なら、たぶんそろそろ東京に戻ってくると思うよ」

一昨日がうなぎ。自分の読みが当たったことに悦子は叫び出したい気分だったが、必死に平静を装う。合コンでさえこんなに必死に取り繕ったことはない。

「なんでだよ」

「あんた担当編集でしょ。今まで出た本の舞台になった東京以外の土地の数は？」

悦子の言葉に、「えっ？」と貝塚は言葉を詰まらせる。よし、これだ。この顔が見たかった。得意満面になりそうな気持ちを堪《こら》え、悦子はなお平坦な声で告げる。

「全著作四十六冊中、重複併せて二十一箇所。で、宮崎県が舞台なのは一冊だけで、これが最新刊から三冊前。この三冊前から連続で、舞台は東京以外です」

「おまえまさかぜんぶ読んだのか⁉」

「ネットで調べればすぐ出てくるよ。まさか調べてないの？　担当編集なのに？」

鰻にこだわりすぎていたが、あの書き置きには「あなたの浮気相手達にお会いしてきます」との文章もあった。かつては存在していたものの、本郷には今愛人がいない。それくらい妻なら気づく、という予想の下、確信を持って彼女が浮気相手と言えるのは彼の著作の中に出てくる女たちだけだ。パスポートの期限が既に切れていることを考慮して十四冊目のパリは除く。

言い返したくても言い返せない態《てい》の貝塚に、更に悦子は畳みかけた。

「で、奥さんがいなくなってから今日は何日目かしら？」

……決まった……‼　心の中で悦子はガッツポーズを取り、貝塚からの謝辞を待つ。

＊

というわけで二月十四日午前九時四十分現在、景凡社の雑誌校閲部員（戦力外）である河野悦子は紀尾井町ではなく寒風吹きすさぶ東京駅の二十三番線ホームにいた。気合を入れて作ってきた髪形が、風のせいであっという間に崩れる。いつもの倍の時間をかけて丹念に塗り込んだファンデーションには明らかに砂塵が付着し、頬を触るとざらざらした。今日の予定はわりと詰まっていて、会社に戻って髪と顔を直す時間はない。デートの約束をしている約九時間後にはどんなひどい有様になっているかを想像したら悦子の目には比喩でなく怒りと虚しさに涙が滲《にじ》んだ。

「バカじゃないの！　本当にバカじゃないの！　私今日デートなのに‼」

「うるせえ！　偉そうに能書き垂れやがって、ぜんぶおまえのせいだからな！」

この男に謝辞を期待した自分がバカだった、とつくづく思う。

「別にあんたが森尾にふられたのは私のせいじゃないんですけど！　あの有様見ればデートなんかしてる場合じゃないってことくらい判るだろうが！　しかもバレンタインデーに女子をデートに誘うとかバカなの⁉　自分がチョコレートもらえるとでも思ってたの⁉　バカなの⁉　ねえ⁉」

「女は弱ってるときが一番落としやすいってセオリーが男子業界にはあるんだよ！　バカバカうるせえよ、このゆとり！」

「あれは弱ってるんじゃなくて単に余裕がないんだよ！　惚れてんならそれくらい見

て判れよこのオゴザ！」

「……なにそれ」

「尾張の昔の方言で愚か者って意味」

ふたりして同時に言い返す気力を失い、長い溜息をついた。顔の周りが白く煙《けぶ》る。

モテ期、ぜんぜん来てなかった。貝塚の思い人は森尾だった。別に貝塚になんてモテたってコレッポッチも嬉しくないけど、あのとき僅かにでも勘違いした自分を引っ叩《ぱた》きたかった。

暖かくなる兆しも見えない東京駅にはひっきりなしに新幹線が到着し、また出て行く。今朝、出社してコーヒーを淹《い》れ、仕事に取り掛かろうとゲラを見台《けんだい》に広げて袖《そで》机《づくえ》を引っ張り出したところで、悦子は出社してきた貝塚に拉致され、東京駅に連れてこられた。

——判ってたならなんで教えなかったんだよ。

タクシーの中で貝塚は怒っていた。悦子とて判っていたわけじゃなくて、ものすごく調べた結果だ。二年弱彼にゆとりと言われつづけ、己《おのれ》の不始末まで転嫁されつづけ、ぎゃふんと言わせる方法をなんとなく思いついただけだ。貝塚もおそらくあのあと、家で調べて腑に落ちたのだろう、たいへん悔しそうな顔をしていた。

――担当なら当然それくらい思いつくと思って、わざわざ私が言うことでもないかなって。

――森尾さんって、彼氏いるのかよ。

――……は？

話のつながりが判らなくて悦子は二秒くらいぽかんとしたあと、いないけど、と答えた。

――もしかして森尾のこと狙ってる？

――……昨日、明日食事でもしませんかって誘ったら断られた。なあ、ほんとに彼氏いないんだよな？

いませんってば。ほんとか？　ほんとだってば。

という実のない問答を繰り返しているうちに東京駅に着き、今に至る。本郷の最新刊は昨年貝塚が担当し、悦子が校閲したあの本だった。悦子が記憶している限り、東京駅の到着時刻の描写があるのは一箇所だけ、午前九時五十五分着の新幹線だった。初校ゲラだと、この到着時刻は正午を過ぎていた。今だけはあんなに意地になって直さなきゃ良かったと思う。昼間のほうがまだ暖かいだろう。今の東京駅の寒さときたら！

歯の根が合わず震えているうちに、五十五分着の「とき」がホームに滑り込んでくる。グリーン車の出口から吐き出される客を、貝塚は目を凝らして見つめていた。どうか、どうか見つかってくれ。昨日あんなに偉そうにして、間違ってました、じゃかっこ悪すぎる。それこそ「ぜんぶおまえのせいだからな！」と詰《なじ》られる。悦子は自分の立てた仮説が正しいことを強く祈り、果たしてその祈りは通じた。

「本郷先生！」

叫ぶと同時に貝塚が走り出した。その先には、ごく狭い出版業界を少しだけ騒がせ、ごく一部の人にたいへん迷惑をかけた夫婦が手をつないで立っていた。

このまま帰ったら間違いなく貝塚は自分の手柄にする。案の定彼は「おまえもう帰っていいよ、忙しいんだろ」と猫なで声で言って悦子を帰そうとした。しかし本郷の妻の亮子が同席を望んだため、悦子もステーションホテルのラウンジについていった。

「聖妻のご出身なんですってね、河野さん」

と亮子が口火を切り、思い出話を始め、今回の失踪について話を始めるのがだいぶ遅れた。初対面のときの刺々《とげとげ》しさはなく、まるきり別人のようで、とても良い旅だったのだろうな、と悦子は彼女の顔と服を見て思う。なんとなく服が派手になっていた。

三十分後、ようやく亮子の話が一段落したところで、「どうして今日帰ってくると判ったんだ」と本郷が尋ねた。

「私がし」

「担当編集者なら当然のことですよ‼」

悦子の訴えは容赦なく貝塚の大声に掻き消される。この男‼　呪われろ‼

ひとり歯軋《はぎし》りしながら悦子はなりゆきを聞いていた。亮子の残した書き置きは、やはり一応、彼女なりの暗号だったらしい。悦子はおそらく「越」は越後だろうと踏んだが、それは合っていた。「溜」に関してはこの文字を使う地名は少なく、本郷の著作では高知県が舞台となったものにしか出てこない。亮子はその「鰻」と「溜」の文字で気づいてくれないかと試したそうだ。なお、「限回」は本当に誤字だったのだが、結果的には「地方を回る」という意味になっていた。

「暗号作るのって大変なのねえ。あなたのお仕事の大変さが判ったわ」

「あれは暗号とは呼ばないよ……」

「でも貝塚さんは解いてくださったんでしょ？」

本当は私が調べたんですよ、と言い出すタイミングを逸しつづけている間に携帯電話が鳴った。エリンギからだった。通話ボタンを押した途端、大声が飛んでくる。

「何やってんの河野さん！　早く戻って！」

「部長！　本郷先生見つかりましたよ！　私の予想どおりでした！　文芸とK-bonに伝えておいてください！　私の予想どおりでした！」

「あっ、バカ！　俺が報告するつもりだったのに！」

聞こえないふりをして通話を切り、とりあえず言いたいことは言えたので悦子は立ちあがってコートに袖を通した。

「本郷先生、例の件、よろしくお願いしますね！」

「残念、妻を見つけたのはわたしだよ。またの機会だな」

そうだった。結局東京に帰ってくるまで思いつかなかった。ただ、「調べる」という仕事をしていなかったら、きっと悦子は何も調べなかった。今日東京駅に来ることもなく、無駄に貝塚に手柄を与えることもなかっただろう。

……どっちが良かったのか。

校閲には経費の概念がなく編集者のようにおいそれとはタクシーに乗れないため、地下鉄に乗って悦子は会社に戻った。昼休みまでの約一時間は仕事をし、昨日感じた「報われた」の仔細はやはり、今の仕事に対してではなく『C.C』のゲラに関する仕事ができたことに対しての感情だったと思った。

十二時、エリンギが悦子を昼飯に誘ってきた。混み合ったうどん屋に向かい合って座り、悦子は訴える。

「朝いなかったのは私のせいじゃないですからね。貝塚に無理やり連れ出されたんですからね。これは言い訳じゃなくて真実ですからね」

「うん。貝塚くん、ちょっと河野さんに甘えすぎだよね。今度厳しく言っておくよ」

「お願いします。もううんざりです」

「僕、彼はぜったい河野さんのこと好きなんだと思ってたけどなあ。まさか女性誌の子だったとはなあ。あんな綺麗な子に貝塚くんが相手にされるわけないのにね。バカだね。若さって怖いよね」

　ふかしたエリンギみたいに柔和な顔でそんなことを言うものだから、悦子は思わずふきだした。森尾をデートに誘ってふられている現場を文芸の部長が目撃したらしく、今日の午前中には噂が回ったそうだ。よくぞ言ってくれた。ザマーミロ貝塚！

「奥さんと和解したみたいですよ、本郷先生。和解っていうか、別に仲悪かったわけじゃないんだろうけど」

「休息は必要だよね、誰でも。本郷さんがゆっくりしてこられたなら良かったよ」

「それ、もし自分がまだ文芸にいて本郷先生の担当だったら同じこと言えます？」

「絶対言えないよね。そのへんは気楽でいいや」

運ばれてきたうどんを五分で食べ終え、悦子は先に社屋に戻った。そして今井に頼み込んで髪を巻きなおしてもらった。

「もしかして今日、初デートですか？」

「うん。うまくいくよう祈ってて！」

綺麗に巻かれた髪、頭にシンプルなサテン生地のカチューシャを載せ、手鏡で確認する。よし、完璧だ。顔がまだちょっと薄汚れてるけど、夜なら闇が隠してくれる。

確実に定時に帰れるよう、午後は猛然と仕事をした。待ち合わせは銀座に十九時だ。

さっき鏡を見ているとき、今井に「その人の何が好きなの？」と訊かれた。悦子は「顔」と答えた。世の中の人は表面的に、「内面の良さ」を好きになる人のほうが、顔を好きになる人よりも尊い心の持ち主だと言う。身なりが貧しくてもお金がなくても、内面さえ美しければすべて許されるみたいな風潮を、悦子は昔から嘘だと思っている。もし世の中のすべての人がその考えに則って生きているならば、ファッション雑誌も美容雑誌も存在しないし、そもそもその元となる服飾産業も美容産業もこの世に存在しなかっただろう。

そんなことを考えながら手を動かしていたら、悦子は突如啓示を受けた。

――もし文章がヘタクソでも書かれていることが事実とは異なっていても、その内容が利益を生みさえすれば許されるとするならば、校閲なんて必要ないし、そもそも校閲という概念すら存在しなかっただろう。

「……あっ」

思わず声が漏れ、背後の米岡を振り返る。米岡は石像のように微動だにせず分厚い資料を眺めていて、声をかけられる雰囲気ではなかったため、開いた口を閉じて悦子は自分の机に向き直った。

――こういうことなのかな。

部署内はとても静かで、一時間に二度ほど、澄んだ薄氷の張った湖面を叩き割るがごときけたたましい電動鉛筆削り器の立てる音にびくりと肩を震わせるくらいだ。鉛筆を削る音が響き、間もなく時計は午後六時を指す。

三、二、一、ゼロ。悦子は誰だか判らない誰かに心からの感謝をし、勢いよく席を立った。

エピローグ
愛して校閲ガール

悦子の研修メモ その6

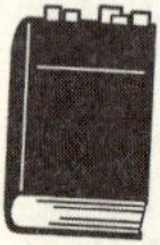

【単行本】高校の教科書くらいの大きさの表紙が硬めの本。お値段はだいたい千円以上。著者によっては男子高校生の弁当箱かと思うような厚さのものもある。

【文庫本】ハンディサイズの表紙がやらかい本。お値段はだいたい千円以下。ただし著者によっては弁当箱レベルの厚さの、ぜんぜんハンディじゃないのもある。だいたい単行本↓二～三年後に文庫になる。ならないのもいっぱいある。

【新書】細長くて表紙のやらかい、物理的に薄めなウンチク本。

【書き下ろし】文芸誌とかＷＥＢとかに載らないで単行本や文庫になった話。

【文芸誌】小説がいっぱい載ってる別マみたいなもの。連載も読みきりも載ってる。

「かんぱーい」

「かんぱーい！」

東京の下町オブ下町、御坊寺商店街の一角、かつては「たいやき松田」の店舗があったオンボロの小さな二階建ての一階、どう考えても収容人数ギリギリ三人までのくそ狭いリビングダイニング（というよりお勝手）に、女子が三人と女子っぽい人がひとり、合計四人が缶ビールを片手にテーブルを囲んでいた。更にもうひとり、女子がガス台の前に立ち、おでんを煮込んでいた。

「すっごい昭和ですね！　こんな古くて狭い家、朝ドラでしか見たことない！」

バリバリ平成生まれ且《か》つお嬢の今井は、物珍しそうに花の模様が入った磨《す》りガラスの引き戸を眺め、言った。

「でもヘンに壁の薄いアパートとか住むよりこっちのほうが賢いよね、家具もぜんぶ備え付けなんでしょ？　なんかひいおばあちゃんの家みたいで落ち着く」

森尾は水屋の中のレトロな食器類を物色しながら言った。めちゃくちゃ狭いので、振り返ればそこはすぐに食器棚だ。

「なんか、こういう家に住んでるの意外です。悔しいけどちょっと河野さんが善人《ぜんにん》みたいに思えてくる」

藤岩は勝手に悦子に親近感を抱く。

「河野っちー、わたしおなかすいたんだけど、まだなのー？」

締め切りギリギリで時代考証の間違いを見つけ、今日の朝イチから読み直しを強いられ昼飯を抜かざるを得なかった米岡は焦《じ》れた声を出す。

「私のお祝いなのにどうして私があんたたちにメシを振る舞わなきゃいけないの!?　米岡も！　食べたいなら手伝ってよ！」

「だって狭いんだもん！　動いたらいろいろ倒れるし壊れるよ！」

「そもそも今だって床抜けそうなんだけど！」

電磁調理器もホットプレートもないので、ガス台の上で具材を入れて煮込んだ大きな鍋は、テーブルの上にチラシの束《たば》を敷いた上に移動させた。昔この家に住んでいたのは三人家族で、テーブルには椅子が四つしかないため、祝われているはずの悦子は来週の資源ごみの日に出そうとまとめて縛ってあった紙の束の上に腰を下ろす。と同時に「えっちゃーん」という声が、ドアを開ける音と共に聞こえてきた。

「ねえ聞いてよ赤松くんたらさあー、あれ？　なに、お客さん？」

あがり口に靴を脱ごうとして脱ぐスペースがないことに気づいた加奈子は、家の中を見て人口密度の高さにぎょっとする様子もなく、ニコニコ笑いながら当然のように中へ入ってくる。

「誰？」

「近所の不動産屋」

「はじめまして松岡リアルエステートの木崎《きざき》加奈子ですー。わあおでん！　美味《おい》しそう！」

「はじめまして悦子の会社の同僚たちですー。良かったら食べてって？」

床が！　抜ける‼　という悦子の心の叫びなど当然加奈子に届くはずもなく、加奈子は椅子を半分空けた藤岩の隣にちゃっかりと半尻をおろした。床が軋《きし》む音を立てる。

「えっちゃんって友達いたんだねえ。良かったー心配してたんだー。で、今日はなんの集まり？」

おまえは私のお母さんか、と突っ込む前に森尾が答える。

「悦子が次のデートの約束をできたお祝い」

「え⁉　アフロと付き合うの⁉　付き合うことになったの⁉」

「まだ違うけど……」

そうなったらいいな、と悦子はニヤけた。

二月十四日十九時、銀座四丁目和光前。果たして是永はそこにいた。ちょっと奥まったところにあるコジャレた居酒屋でのデートだった。是永はパリに行き、いくつものメゾンのオーディションを受けたが、すべて不合格だったという。時差ぼけのせいもあり、目に見えて憔悴《しょうすい》していた。そんな彼を元気づけるため、悦子はずっと喋りつづけた。ここ数日の本郷の騒動はかなり是永の興味を引いたらしく、貝塚がすべて自分の手柄にしようとしたのを悦子が阻止したあたりで、ゲラゲラと笑い出した。

——河野さんはファッション誌に行きたいの？

——そのために景凡社に入ったんです。

——そっか。残念だな。

——……え？

——自分の原稿に、あそこまで丁寧に鉛筆や赤を入れてくれた校閲さん、河野さんだけだったから。

それは、どこにどんな指摘をすれば良いのか判らなくて、とりあえず思ったことを書き込んで書き込みすぎただけだ。でも悦子は黙って「そうなんですか」と答えた。

ああ、本当に、なんてかっこいい顔だろう。こんなにかっこいいのにぜんぶのオーディションに落ちるなんて、モデル業界というのはどれだけ厳しいのか。

——でも、応援するよ。お互い頑張ろう。

——ありがとうございます。でも、私、ちょっと校閲のままでもいいかなって今日思って。

——なんで？

答えようとしたが、悦子はうまい説明が思いつかず、しばし黙り込んだ。午後の仕事をしているとき、突如思ったことだ。

悦子は是永の顔が好きだ。彼の書く小説が面白いのかどうかはまったく判らないけれど、とにかく顔が好きだから既刊もぜんぶ読んだ。こういう考えを世の中の多くの人たちは「めんくい」と呼んで蔑《さげす》む。それの何が悪いの？　と悦子は思う。

見た目が整っていることは悦子にとって正義で、見た目を整えようと努力することも悦子にとっては正義だ。分野を変えて、同じ正義が校閲に存在していたことに気づいた。文芸の校閲がやりたくて出版社に入った米岡は、日本語をより正しく美しく整えてゆく作業にエクスタシーを感じるという。その感覚が聞いた当初は判らなかったが、今日初めて判った。

ファッションに存在するルールは季節ごとに変わり、そのルールを学ぶためのものがファッション雑誌だ。文章に存在するルールも、媒体や筆者ごとに変わる。ルールを学び、体現してゆく作業。悦子にとって遥か彼方、というか別の宇宙に存在していたファッション雑誌と校閲が、今日、ごく細い糸でだが、つながった。

悦子はその思いを是永に伝えるために口を開く。

——今の部署にいたら、一般の読者より早く、次の是永さんの新作を読めるかもしれないでしょ？

「……ッギャーーーー!!　かゆい！　かゆいよ！」

「うっさいよ！　しかも今井ちゃんに失礼だよ！」

昼休み、髪を巻いてもらっているとき今井に仕込まれた台詞《せりふ》である。我ながらパーフェクトな笑顔と共に伝えられたと思う。実際に、悦子の言葉を聞いた是永はそのあとちょっとそわそわしていた。そして別れ際、「もらったシャツ着たいから、もし良かったらまた会えないかな」と言われた。ギャー!!

「良かったねえ。まさか悦子に先を越されるとは思わなかったけどねえ」

「森尾だって貝塚にデート誘われたんでしょ」

「あんなのとデートしたって絶対つまんないからヤダ。藤岩さんとかがお似合いなんじゃないの?」

「私、彼氏いますから」

「……え⁉」

「出版社に入ったら、しかも編集者になったら確実に相手探しに苦労するって伝説があるのご存じないですか? 大学で知り合った院生の彼氏とずっと付き合ってるんです私。二、三年後には彼も准教授になりますし、正月に実家にもご挨拶に行きましたし、来年あたり結婚します」

あまりに驚きすぎて森尾と今井と悦子は声を出せなかった。その中でただひとり米岡だけは「やだおめでとうー」と藤岩の肩をばんばん叩く。なんだかよく判ってない加奈子も「おめでとうございますー」とニコニコしている。

強烈な敗北感は三人を無言にさせた。

そのあとの記憶は、ない。

気づいたらめちゃくちゃ狭い家のそこかしこで、ドロドロになった女子五人と女子っぽい人ひとりが、おそらく押入れから勝手に取り出したであろう布団を被って寝ていた。ここは避難所か、と思った。カーテンが開きっぱなしの朝日眩《まぶゆ》い部屋で目覚めた悦子は、渇いてひりついた喉を潤すため、台所へ向かう。そしていつの間にか誰かに踏み抜かれたらしい床板の穴に気づかず足を取られ、全治三週間の捻挫を負った。

解説

角田光代

本書の作者である宮木あや子さんは二〇〇六年、『花宵道中《はなよいどうちゅう》』でR-18文学賞、大賞と読者賞をW受賞して、デビューした。私はこのとき選考委員だったのだが、この作品の完成度の高さに度肝《どぎも》を抜かれたことを十年も経った今も覚えている。完成度が高いと、どうしても新鮮さや伸びしろといったものが希薄になってしまうのだが、そんなこともなかった。強く印象に残っているのは、その作品の色彩のゆたかさだった。その、あふれ出るような色彩が、完成度の高さに新鮮味を与えていた。そして、この人はもっともっといろんなことを書けるのではないか、と思わせる、得体の知れない奥行きがあった。

と、そんなことを、本書『校閲ガール』を読み出してすぐ、思い出した。

校閲という言葉が、出版業界をのぞく世間一般にどのくらい認知されているのか私にはわからない。音楽業界でいうミキサーとか、相撲《すもう》での勝負審判とか、コーヒー界のバリスタとか……書きながら、たとえが正しいのかどうかわからなくなってくるのは、私自身も校閲という仕事についてそんなにわかっていないからかもしれない。

本小説内でも説明されているとおり、「文書や原稿などの誤りや不備な点を調べ、検討し、訂正したり校正したりする」仕事である。短くいえばその通りなのだが、意味合いとしてはもっともっと多岐にわたる。言葉遣いや単語、てにをはが正しいかばかりでなく、時代小説ならばその時代背景が正しいか、登場する小道具や衣裳が合っているか調べ、スポーツや絵画といった特定の分野を題材にした小説ならばその専門用語の正誤を調べる。

私は学校を卒業してすぐもの書きになったので、校閲という言葉は、やはり本書冒頭に登場する「ゲラ」という言葉と同時に、耳馴染んだものとなったのだが、それでも校閲もしくは校閲者には幾度も驚かされた。たとえばある場面で登場人物は青いセーターを着ていたとする。日付は変わっていないのに、その三ページ後に青いブラウスを着ていたりする。これは当然、作者が忘れてそう書いたのだが、校閲者はぜったいに気づいてチェックする。煙草を吸うか吸わないか、コーヒーに砂糖を入れるか入れないか、作者が忘れても、校閲者は覚えている。それればかりではない、数字にも強い。一九二五年に二十三歳だった人と十七歳だった人が、その八年後、十六年後、三十二年後に何歳になっているか、作者が間違えても校閲者はぜったいに間違えない。

しかしながら、そこまでチェックしてくれなくても、と思うときもある。いちばんびっくりしたのは、校閲者にタイトルの付け替えを提案されたことだ。編集者ではない、校閲者だ。ある短編小説の校閲チェック入りのゲラが戻ってきたのだが、なんとタイトルにバッテンがついている。その横に、「タイトルと内容が合っていないと思いますがOK？」とあり、その方が考えて下さったらしいタイトルが書かれ、こちらのほうがいいように思います、と書いてあって、のけぞった。

と、わたくしごとを書いて恐縮だが、作家ならだれでも、校閲の話をはじめると止まらなくなると思う。そのくらい校閲の仕事は多岐にわたっているし、校閲者のありようも多岐にわたっているのだ。

作者は、この多岐にわたる世界に、河野悦子《こうのえつこ》という語り手を放りこみ、まず、エロミス（官能ミステリー）小説の前に座らせる。小説に興味がなく、ファッション誌しか読まず、そのファッション誌に配属になりたくて出版社に入った彼女は、このエロミス小説から不可思議な疑問点を見つけ出す。まさに多岐にわたる校閲者だから見つけられる疑問であり、その疑問がちいさなミステリーとなる。

なるほど、校閲者が校閲のなかから謎を見つけ出して解決していく校閲ミステリー短編集なのか、とそのアイディアの妙に感心し、第二話を読んでいくと、作者はみごとに私の読みなど一蹴する。第二話はミステリーではない。悦子と、同期入社の編集者、藤岩《ふじいわ》とのささやかな親交が描かれる。

先に、読みはじめてすぐに作者のデビュー作を思い出したと書いた。正確にいえば思い出したのは「得体の知れない奥行き」である。

この第二話までのあいだに、この作家は内なる引き出しを次々と開けて見せている。第一話、第二話ともに、小説内小説が登場する。第一話ではエロミス作家本郷《ほんごう》の、第二話では純文学の分野でデビューした是永是之《これながこれゆき》の作品だ。小説のなかで、べつの作家が書いた（という体の）作品を書くのは、じつにむずかしいのに、この作者はなんでもないことのようにさらりと書いている。

しかも第一話と第二話と短編小説のありようがまったく異なって、第三話では何が出てくるのか予想がつかない。

なんと恋の予感である。さらにここでは出てくる他作品は、小説家ではなくセレブ御用達ブランドの代表でありデザイナーである、フロイライン登紀子《ときこ》のファッションエッセイだ。

次なる第四話で悦子は、中高年男性向けゴシップ誌に連載されている時代小説を校閲している。あの本郷大作《だいさく》が戻ってきて、事件が起きる。ここで引用される小説はふたたび本郷の作品の一部だが、しかし、従来の官能的なミステリーではなく、ミステリー色の薄い恋愛小説として、『蝶の瞳』という小説の一部が紹介される。つまり第一話の本郷作品と、ここでのそれとの文体を変えなくてはならないのである。作者はいともたやすく書き分けて見せ、そうすることで、本郷大作という作家の歩んできた道を一瞬で立ち上がらせる。私たち読み手は、彼がただの面倒で厚顔な中年作家ではなく、小心で、努力家で、妻を愛し、書くことに拘泥《こうでい》してきた真面目な男なのだと知らされる。売れない時代もあって、でも世間知らずの妻といっしょにがんばってきたのだなあということも。

この作品において、全体的に作者はそういう書き方をしている。校閲の仕事が想像を超えていかに多岐にわたっているのか、作者は説明せず、ただ悦子の仕事を見せ、初対面の男や女友だちや同期のだれそれとのちょっとした会話で、読み手に理解させてしまう。本郷という男をくだくだしく書くのではなく、その妻との関係をしっとりと書くのではなく、ただ十四冊目の小説と今の作品の文体を変えて見せただけで、垣間見せるように。

ファッションやファッション誌、書籍全体における時代の変換も、その背後にある経済も、その経済のなかで生きる私たちの価値観の変遷も、作者は、仰々しくなく、説明的でもなく、小説の枝葉のようにさらりと書く。あまりにもさりげないから読み手は気づかないかもしれない。校閲という仕事を最初から知っていたような気になるかもしれない。バブルから今に至るまでの時代の変遷に触れたような気にさせたのが、この小説だと思わないかもしれない。ただ河野悦子の容赦ないもの言いにスカッとし、森尾《もりお》や米岡《よねおか》とのやりとりに笑い、悦子の恋の行方に思いを馳せて本を閉じるかもしれない。そういう読み方だってもちろん、作者は大歓迎しているだろう。

宮木あや子という作家は、ものすごく度胸のあるこわいもの知らずだと思う。校閲者を中心に据えた小説を思いついても、私だったらやはり小説内小説をいくつも書こうとは思わないし、校閲という仕事、編集という仕事、あるいはファッションブランドひとつにしても、まず説明せずにはいられない。失敗することも、理解してもらえないことも、こわいからだ。けれどこの小説を読むかぎり、この作家はそんなことの何ひとつもこわがっていない。それは、読み手を信じていることと同義だ。そして、小説を書くこととは、作者にとってこわいという感情ではなく、幸福という絶対的なものとつながっているのだろうなと思う。

ファストフードを食べ続けても、家賃の安い古くて狭い家に住んでも、ファッションにだけは妥協したくない悦子は、その場所場所によって着る服をかえる。ファッションにさほど詳しくない私でも、読んでいてわくわくした。そして思った。宮木あや子さんは、小説という場において、ものすごく衣裳持ちなのではないか。作家にはときどき憑依《ひょうい》型の人がいて、こういう人たちは登場人物や、小説そのものがのりうつったみたいに書く。イタコ型ともいう（というか、私が勝手にそう呼んでいる）。宮木さんは、小説のためのそれはもうさまざまな衣裳を持っていて、ハイブランドの高級服をまとえばそうした文章が書け、戦国時代の武将の格好になればその人になりきり、ゴスロリの格好をすればそれを着た子の心を手に入れ、腰蓑《こしみの》をつければ代々伝わる舞踏を踊ることができるのだろう。もちろんぜんぶ比喩で、彼女のクロゼットにそうした衣裳が詰まっているはずもない。目に見えないそれらを、宮木さんは内側の引き出しに幾つもしまっているのだ。小説を書くときには、鶴のようにドアを閉め、たったひとり、その小説にふさわしい衣裳を取り出して着て、その小説や人物に取り憑かれて、書く。それがこの作家の持つ奥行きの秘密なのではないか。今まで書いてきた多彩な作品を思うとそんなふうに思わずにはいられない。

これからもじつに幅広い小説世界を書いてくれる宮木さんだろうけれど、でも私はとりあえず、河野悦子さんのその後が読みたい。彼女はこのまま校閲の仕事に没入するのか。ただでさえ仕事には真面目で正義感の強い彼女が、どういう校閲者となっていくのか。そして恋はどうなるのか。今井《いまい》や貝塚《かいづか》といった、悦子の周囲の魅惑的な人たちはどうなるのか。きっと悦子やほかの人たちを、私は好きになってしまったのだろう。現実で惹かれてしまうだれかれと同じように、ずっと見ていたいと思うほどに。

本書は、二〇一四年三月に小社より刊行された
単行本に加筆・修正して文庫化したものです。

本文イラスト＝茶谷怜花
目次等デザイン＝鈴木久美

校《こう》閲《えつ》ガール

宮《みや》木《ぎ》あや子《こ》

平成28年 8月25日　初版発行
平成28年 9月30日　3版発行

発行者●郡司 聡

発行●株式会社KADOKAWA
〒102-8177　東京都千代田区富士見2-13-3
電話 0570-002-301（カスタマーサポート・ナビダイヤル）
受付時間 9:00〜17:00（土日 祝日 年末年始を除く）
http://www.kadokawa.co.jp/

角川文庫 19908

印刷所●旭印刷株式会社　製本所●株式会社ビルディング・ブックセンター

表紙画●和田三造

ISBN978-4-04-104220-5　C0193

角川文庫発刊に際して

角　川　源　義

第二次世界大戦の敗北は、軍事力の敗北であった以上に、私たちの若い文化力の敗退であった。私たちの文化が戦争に対して如何に無力であり、単なるあだ花に過ぎなかったかを、私たちは身を以て体験し痛感した。西洋近代文化の摂取にとって、明治以後八十年の歳月は決して短かすぎたとは言えない。にもかかわらず、近代文化の伝統を確立し、自由な批判と柔軟な良識に富む文化層として自らを形成することに私たちは失敗して来た。そしてこれは、各層への文化の普及滲透を任務とする出版人の責任でもあった。

一九四五年以来、私たちは再び振出しに戻り、第一歩から踏み出すことを余儀なくされた。これは大きな不幸ではあるが、反面、これまでの混沌・未熟・歪曲の中にあった我が国の文化に秩序と確たる基礎を齎らすためには絶好の機会でもある。角川書店は、このような祖国の文化的危機にあたり、微力をも顧みず再建の礎石たるべき抱負と決意とをもって出発したが、ここに創立以来の念願を果すべく角川文庫を発刊する。これまで刊行されたあらゆる全集叢書文庫類の長所と短所とを検討し、古今東西の不朽の典籍を、良心的編集のもとに、廉価に、そして書架にふさわしい美本として、多くのひとびとに提供しようとする。しかし私たちは徒らに百科全書的な知識のジレッタントを作ることを目的とせず、あくまで祖国の文化に秩序と再建への道を示し、この文庫を角川書店の栄ある事業として、今後永久に継続発展せしめ、学芸と教養との殿堂として大成せんことを期したい。多くの読書子の愛情ある忠言と支持とによって、この希望と抱負とを完遂せしめられんことを願う。

一九四九年五月三日

角川文庫ベストセラー

あしたはうんと遠くへいこう　角田光代

泉は、田舎の温泉町で生まれ育った女の子。東京の大学に出てきて、卒業して、働いて。今度こそ幸せになりたいと願い、さまざまな恋愛を繰り返しながら、少しずつ少しずつ明日を目指して歩いていく……。

愛がなんだ　角田光代

OLのテルコはマモちゃんにベタ惚れだ。彼から電話があれば仕事中に長電話、デートとなれば即退社。全てがマモちゃん最優先で会社もクビ寸前。濃密な筆致で綴られる、全力疾走片思い小説。

ふちなしのかがみ　辻村深月

冬也に一目惚れした加奈子は、恋の行方を知りたくて禁断の占いに手を出してしまう。鏡の前に蠟燭を並べ、向こうを見ると——子どもの頃、誰もが覗き込んだ異界への扉を、青春ミステリの旗手が鮮やかに描く。

本日は大安なり　辻村深月

企みを胸に秘めた美人双子姉妹、プランナーを困らせるクレーマー新婦、新婦に重大な事実を告げられないまま、結婚式当日を迎えた新郎……。人気結婚式場の一日を舞台に人生の悲喜こもごもをすくい取る。

神田川デイズ　豊島ミホ

世界は自分のために回ってるんじゃない、ことが、じんわりと身に滲みてきた大学時代……それでも、あたしたちは生きてゆく。凹み、泣き、ときに笑い、うっかり恋したりしながら。